Fleisch mit weißer soße
Eine novelle von christian schmacht

1. Auflage 2017
ISBN 978-3-96042-032-3

Postfach 27 46
D-48014 Münster
info@edition-assemblage.de |
www.edition-assemblage.de

Mitglied der Kooperation book:fair
Mitglied der assoziation Linker Verlage (aLiVe)

Umschlag: Alma, Münster
Satz: Alma, Münster
Druck: CPI Clausen & Bosse, Leck
Printed in Germany 2017

August 2016

Ich wache auf aus einem albtraum, in dem ich vor der polizei wegrenne. Es raschelt in einer ecke des zimmers, kurz darauf in einer anderen. Ich mache licht - stille. Ich gehe in die küche, josy ist da, mit meiner schwarzen perücke und geschminkt wie eine von den mean girls. Ich erzähle alles, josy kommt mit, wir sehen kein tier und auch nichts anderes. Wir warten im gästezimmer, nebenan, bei offener tür auf geräusche. Josy erzählt mir von den erlebnissen der nacht - ein hetero-typ hat sie aufgegabelt und sie sind durch die hasenhaide gegangen. Irgendwann ging josy ins gebüsch, um zu pinkeln, und tat es extra im stehen, damit keine zweifel aufkommen und da kam der typ und wichste josy und die pisse lief über seine hand. Der typ flehte, ich will dich ficken, bitte blas mir einen usw.; letzten endes durfte er auf ihren oberschenkel kommen.

Wir hören es rascheln, aber kein trippeln. Josy sagt, es ist keine maus, sondern eine motte. Eine motte, die in deinem zimmer stirbt. Ich sage: Sag bitte nicht dauernd „stirbt", das halte ich nicht aus. Ich schlafe im gästezimmer. Am nächsten tag betrete ich mein zimmer wieder. Es ist hell. Ich sehe keine motte. Ich liege auf dem bett und denke nach - eine motte ist in meinem zimmer gestorben. Ich lag dabei. Ich wollte nicht, dass sie stirbt. Ich wollte aber auch nicht, dass sie in meinem zimmer raschelt.

Selina: Stehst du auf männer oder auf frauen

Ich: Ja, das würdest du gern wissen. (Unsicheres lachen)

Selina: Ja. Das würde ich gern wissen.

Ich: Naja,... ich bin da nicht so festgelegt.

Selina: Also bist du bisexuell.

Ich: Naja, äh, könnte man so sagen.

Selina: Bist du mehr mit frauen oder mit männern zusammen.

Ich: Äh.

Selina: Stehst du überhaupt auf männer.

Ich: Wer steht denn schon richtig auf männer. (Unsicheres lachen)

Selina: Ich stehe richtig auf meinen mann.

Ava sagt: Mindestlohn acht euro fünfzig die stunde. Und was die dann von einem verlangen. Okay, ich verstehe ja, dass man pünktlich sein soll, aber dann schreiben sie dir auch noch vor, wie deine haare und deine nägel aussehen sollen, was du anziehen sollst und du musst zu allen immer scheißfreundlich sein und kriegst nur dreißig prozent rabatt auf die produkte. Dann lieber französisch ohne, aber mercedes fahren. Mir ist übel - von meinen eigenen gefühlen! Ich bin depressiv. Bald ist schon 2017. Ich denke, es wäre schön, an irgendwelchen dingen teilzunehmen, aber dann stelle ich mir vor, dass ich mich dann vorstellen muss und aussagekräftig über mich sprechen soll etc., und dann so tun muss, als wüsste ich nicht, wie solche workshops und aktivitäten ablaufen, so tun, als würde ich nicht merken, dass die anderen entweder denken, ich sei cool aufgrund meines körpers oder denken, ich sei unpolitisch und nicht radikal genug aufgrund meines körpers.

Immer noch august, die zeit wickelt sich um viel zu viele erlebnisse, scheint es; der sommer bleibt, zwar regnerisch, aber er bleibt bei mir. An dich denke ich dauernd. Ich denke auch: An geld, an die zukunft, arbeit, winter... Jeder tag ist ein geschenk, denn noch ist sommer, noch ist es hell, noch habe ich einen körper, mit dem geld zu machen ist, noch habe ich zwei hände, und an deren ende hab ich fingernägel, die ich lackieren kann, wie es mir gefällt.

Es ist die art von tag, von dem ich nicht mal das datum weiß. Zeit vergeht. Mehr zeit vergeht. Auf dem balkon. Die sonne macht die luft so dick, dass wir sie greifen können. Du hast meine beine auf deinem schoß, manchmal lächelst du und noch immer überrascht mich dein lächeln.

Heute früh vorboten von migräne. Ich krieg aber nicht genug von dir. Du kriegst auch nicht genug von mir. In meinem herz sind steine, oder vielleicht das ganze essen, das in meinen magen meist nicht hineinpasst. Ich fühle: Leere, leere, leere. Abwesenheit von sinn. In der u-bahn: Zu meiner linken ein unfassbar breitbeining sitzender typ, der mir beim schreiben über die schulter guckt. Es ist anstrengend, so konsequent gezeigt zu kriegen, dass ich keinen raum bekommen soll und nicht zähle. Ich drehe meine musik lauter auf, als ich selbst angenehm finde, damit er vielleicht davon genervt wird: Sich selbst schaden, wenn die chance besteht, einen solchen typen ebenfalls zu schädigen. Manchmal verteidige ich mich, wenn jemand sagt, ich sei beliebt oder viele fänden mich attraktiv. Ich denke dann, wer beliebt oder attraktiv ist, hat keinen schmerz. Ich habe aber schmerz. Es tut mir weh, das meiste tut weh und ich befürchte dann, dass die attraktivität und beliebtheit den schmerz aberkennen.

Selbstverletzung wird als feminin und schwach kategorisiert, denn wenn wir anerkennen würden, wieviel handlungsmacht eine person besitzt, die sich entschließt, den eigenen körper sichtbar zu verwunden und zu vernarben, dann würde das alle vorstellungen von mädchen/schwuchteln in tausend splitter schlagen.

Ich bin auf dem weg zur arbeit. Steige aus der ubahn aus. Die u vier scheint die sinnloseste u-bahn der stadt zu sein. Ich gehe vorbei an der eckkneipe und versuche, so vielen schwulen typen wie möglich in die augen zu sehen. Um die ecke, am flatrateladen vorbei, wo der türsteher mit kopfhörern auf einem stuhl sitzt. Ich versuche, ihn nicht anzusehen, aber ihn auch nicht super auffällig zu ignorieren. Denke, er weiß bestimmt, wohin ich will - aber woher sollte er das wissen? Vielleicht wohne ich in der gegend oder will in einen club cruisen gehen oder ins bermudadreieck zum einkaufen, weil ich so aussehe. Ich gehe in den bioladen und hole snacks für die arbeit. Im radius des bordells hat geld eine andere wertigkeit. Zwei euro für einen liter wasser, das bei vollmond abgefüllt wurde, kommt mir preiswert vor.

Das bordell ist in laufweite vom bioladen. Prima! Neben dem eingang ist auch der eingang zu einem schwulen sex und cruising laden, wo ich mir immer die neue siegessäule einstecke. Ich drücke bei uns auf die klingel und oben drücken sie auf den türöffner. Ich gehe durch das treppenhaus, dreck, auch wenn frisch geputzt ist, bis der geruch von räucherstäbchen und zigaretten mich empfängt und die hausdame mir die tür öffnet. Sie sagt: Ach, es ist ein mädchen. Komisch, dass niemand dort sich wundert, warum ich so aussehe. Als ob es zufall wäre, dass ich aussehe wie ein junge, meine brüste abbinde, boxershorts trage, usw. Aber wenn es sowas gibt wie privatsphäre, dann hier, wo wir alle in unterwäsche nebeneinander auf den sofas rumhängen. Wir kennen die nackten körper der anderen genau, aber sonst wissen wir nicht viel.

Ich arbeite. Aber ich denke nur an dich. Ich arbeite und deine hand in mir ist, woran ich denke.

Ich muss mich am ganzen körper rasieren, ich hasse es. Ich sage: Bitte, bitte, leiste mir gesellschaft. Josy sitzt auf dem klodeckel, ich in der wanne. Ich sage: Mein schwanz ist winzig, guck mal, wenn ich so cruisen gehe, lachen die mich aus. Sie sagt: Ich kann gar nicht hingucken, chrissy, du schneidest dich gleich. Sie teilt die intimität mit mir, dadurch ist es nicht mehr so schlimm; mein körper, der wieder zurückverwandelt werden muss, von einem haarigen, queeren etwas in die sanften rundungen einer moneymakerin.

Migräne: Schmerz, still und klar; er breitet sich aus hinter meinen augäpfeln, pocht an meinen schädel, drückt auf die kehle, würgt sich aus dem bauch in die speiseröhre. Ich heiße sie willkommen. Endlich geht mein inneres im gleichschritt mit dem äußeren, mit dem rest der welt. Der kopfschmerz verschärft licht und schatten, es ist keine freude mehr übrig, bis auf die, dass ich jetzt auch teil bin vom apokalyptisch taumelnden kosmos. Ich vergesse alles kleine und große, vergesse liebhaber_innen, freund_innen, arbeit, alle_s.

Überall sehe ich dich und mein begehren kommt mir vor wie ein abziehbild. Aber das ist nur dann schlimm, wenn mensch von sich denkt, etwas ganz besonderes zu sein.

Ich sitze im café, rauche, ein brunnen plätschert usw. Im hintergrund läuft dancing queen, aber die alte version, nicht die von den a*teens. Sich selbst so ernst nehmen, dass ein cafébesuch zu einer bedeutsamen moralischen entscheidung über die eigene existenz wird, in dem privilegien, strukturelle benachteiligungen und das graue dazwischen verhandelt werden. Why?

Ich rauche und selbst die zigarettenpackung erklärt mir subtil, dass unsere körper nicht uns gehören und dass die zellklumpen aus einem uterus, wenn sie raus kommen, in einem kindersarg gesteckt und betrauert werden sollen. Die trauernden auf dem foto sehen aus wie vampire, bleich, bleicher, grimmig. Ich denke, habt ihr keine anderen probleme, als die zellklumpen in einer weißen holzkiste? Habt ihr keine anderen probleme?

Vollmond. Wir laufen zur hasenheide. Wir halten uns an den händen und singen einen song von tami t. Jemand hat mir erzählt, dass sie hier in der nähe wohnt. Wir laufen im hoppsalauf. Josy sagt, komm, ich zeig dir, wo ich immer cruisen gehe. Auf den wiesen ist es hell, zwischen den bäumen nicht. Der mond, die helligkeit der stadt, die der himmel zu uns runterspiegelt, wir hören bässe, komm, wir suchen den rave. Wir rennen, rufen uns zu, finden das soundsystem, eine brennende tonne, tanzende menschen. Wir haben das gefühl, dass wir die sind, die der party glamour verleihen. Wir tanzen wild und extrovertiert. Alle scheinen sich auf schwarze hoodies geeinigt zu haben. Dann, es wird langweilig. Wir haben nichts zu trinken, sonst auch nichts, wir laufen weiter, zum silverfuture, kennen dort niemanden und setzen uns an einen tisch, an dem leute ihre halbleeren getränke haben stehen lassen. Wir trinken sie aus und fühlen uns wie superstars.

September 2016

ICH BIN KEINE AUSREDE DAFÜR DASS DU DEINE INTERNALISIERTE MISOGYNIE

NICHT BEARBEITET HAST ICH KANN NICHTS DAFÜR DASS DU REPRODUKTIVE EMOTIONALE UND AFFEKTIVE ARBEIT NICHT ALS SOLCHE ANERKENNST ICH KANN NICHTS DAFÜR DASS DU FEMMES UM DICH SCHARST DIE DIESE ARBEITEN FÜR DICH ERLEDIGEN

BIS SIE AUSBRENNEN

UND SICH VON DIR ABWENDEN

NACH KURZER ODER LANGER ZEIT ICH KANN NICHTS DAFÜR DASS DU DICH IN DEINE EIGENEN WIDERSPRÜCHE VERSTRICKST

DEINE POLITIK FUNKTIONIERT ALS GEISELNAHME

UND ICH HATTE STOCKHOLMSYNDROM

DANN HAB ICH MICH UM MICH GEKÜMMERT UND DU BESTRAFST MICH

ICH SCHLIESSE DIE AUGEN UND GEHE EINEN SCHRITT UND NOCH EINEN SCHRITT UND NOCH EINEN SCHRITT

DER SCHMERZ IST EIN TUNNEL

DIE ANGST IST EIN TUNNEL

ICH GEHE SO LANGE BIS MEINE AUGEN
SICH AN DIE DUNKELHEIT GEWÖHNT

HABEN AM ENDE DES TUNNELS DUNKELHEIT ABER ICH BRAUCHE KEIN LICHT MEHR DU KANNST MICH NICHT MEHR BLENDEN

ICH SPRECHE MIT DEM MOND ER SAGT

ER GEHÖRE AUCH MIR

der mond gehört auch mir

UND DEIN URTEIL SCHWIMMT WEG DENK WAS DU WILLST DENK WAS DU WILLST

ICH LEBE MEIN LEBEN

DENK WAS DU DENKST

LEB DEIN LEBEN

REGINA GEORGE SAGT WHY ARE YOU SO OBSESSED WITH ME

OLYMPIA BUKKAKIS SAGT I COME FROM A TIME BEFORE A KNEE WAS BENT

ich auch

ich denke: Hier wartet angst

ich denke: Auf der anderen seite der angst wartet etwas freiheit, und noch mehr angst

DU KENNST NUR ZERSTÖRUNG DESHALB ERKENNST DU DIE SCHÖPFUNG NICHT AN

EIN AMEISENSCHWARM VON FEMMES DER DIR DIENT UND DU TUST SO ALS SEIST DU WIE SIE

ABER DU ERKENNST IHRE SCHÖPFUNG NICHT AN

DU FRISST SIE EINE NACH DER ANDEREN

EINE AMEISE NACH DER ANDEREN

LIEBE KOSTET NICHTS

LIEBE KOSTET NICHTS

ACH NEIN

NEIN

KOSTET DOCH NICHTS

SCHMEISS SIE WEG SIE KOSTET NICHTS

Christa wolf trägt mich ein stück durch die angst. Du hälst meine hand, meistens. Ich glaube, am anderen ende dieses tunnels ist kein licht, sondern: Ich.

Im puff, ich stelle mich vor. Zigmal, hundertmal, wie das aufwachsen zum mädchen im zeitraffer, tag, nacht, tag, nacht, tür auf, hi, ein lächeln, leonie, hallo, ein augenaufschlag, meine hand, koketterie, schüchternheit, umdrehen, der versuch, meinen hintern beim rausgehen wackeln zu lassen, ohne dass ich gegen die zimmerpflanze stoße. Aufwachsen zum mädchen weil: Jeder tag war eine jagd nach anerkennung, und die wege, sie zu bekommen, waren immer die selben. Lächeln, leonie, augenaufschlag, hinternwackeln. Lächeln. Koketterie, schüchternheit, schlampe sein. Lächeln.

Natascha sagt: Du musst das alles aufschreiben, was hier passiert. Jemand muss es aufschreiben. Ich könnte so viele geschichten erzählen. Ein mädchen hat ein buch geschrieben, sie hat hier gearbeitet. Sie ist richtig reich geworden.

Ich frage mich, ob ich das buch kenne, von dieser kollegin, und außerdem, ob sie wirklich reicher geworden ist mit dem buch, als mit ihrer arbeit im bordell.

Nach der wahl in mecklenburg vorpommern sitzen die leute im raucher_innenzimmer gespannt vor dem fernseher. Sie freuen sich über das ergebnis der afd. Elena sagt-

zu mir: Ich kann verstehen, dass die leute die schnauze voll haben. Ich hab auch die schnauze voll. Dann erzählt sie mir eine story davon, dass ihr freund beim sportverein mitgliedsbeitrag bezahlen muss, aber irgendwelche geflüchteten angeblich nicht.

Franka ist auch zecke. Wir lernen uns nach und nach besser kennen, wir haben nur selten gemeinsame schichten. Ich entscheide mich dagegen, offen über linke / feministische / ... politik zu sprechen. Denke, das ist besser für mich. Ich will auch nicht laut über sexwork politics diskutieren, in einem umfeld, wo die meisten viel länger in dieser arbeit sind als ich und weitaus mehr erfahrung besitzen.

Schreiben heißt: Ich existiere. Ich schreibe für mich, weil ich will und manchmal weil ich muss; um mich selbst zu erhalten. Oder zu halten. Ich habe mit meinen gedanken eine geschwindigkeit erreicht, mit der andere nur manchmal mitkommen.

Küchenmagie: Eine mahlzeit kochen, die wir gemeinsam essen. Geschirr spülen, putzen. Einen kuchen backen. Einander zuhören, am küchentisch über das leben reden. Sich rat und unterstützung geben. Essstörungen heilen (vielleicht), einsamkeit heilen. Pläne schmieden.

Josy blockiert meine magie. Sie vernichtet meine sorgearbeit, indem sie sie für nicht existent erklärt, für geister oder hirngespinste.

Sie sagt: Wenn du willst, dass es sauber ist, wieso machst du dann nicht selbst alles sauber?

Ich fühle mich wie ein monster, das nach und nach seine fesseln abwirft und mitgrößer werdender kraft die situationen, die durch den respekt vor sozialen hierarchien strukturiert werden, von innen heraus explodieren lässt. Ich fühle mich, als könnte nichts mehr mich aufhalten. Ich lächle und rede mit ironisch verstellter stimme und gestikuliere mit meinen langen fingernägeln.

Ich bin in eine andere ebene aufgestiegen, wo mich die leute nicht mehr persönlich angreifen können. Sie können mir nur noch wenig anhaben. Ich habe viel gelernt im umgang mit freiern und bin nicht mehr leicht zu beeindrucken.

Im chaos bleibe ich ruhig und organisiere lösungen. Ich hab sowas glaube ich noch nie erlebt. Ich schlafe nicht mehr, ich esse nicht mehr. Irgendwann treffe ich mich mit einer therapeutin. Sie sagt, ich soll mit meinem inneren kind zeit verbringen. Am ersten tag höre ich ein hörspiel, das ich als kind mochte. Es ist ziemlich schlecht. Am nächsten tag nehme ich benzos und stifte chaos mit heather. Tranquilizer sind für mich die enthemmungsdrogen.

Auf lsd, amphetamin, alkohol bin ich immer gehemmt und nehme deshalb nur selten was. Meine wahrnehmung ändert sich, meine angst bleibt. Aber diese beruhigungsmittel, die schalten was aus in mir, während mein verstand weiter rattert. Ich bin dann entspannt, fröhlich und nicht mehr aufzuhalten. Du sagst, das war auch gut für mein inneres kind und ich denke, dass das stimmt.

Solange ich schreibe, beweise ich mir selbst, dass es mich gibt, dass ich komplett bin, keine befriedigungsmaschine für freund_innen und fremde. Es ist schwerer für mich, die bewunderung von leuten anzunehmen. Leichter ist hass.

Anne hat ein neues wort erfunden für freier, die wenig zahlen und viel erwarten: Bifi. Billigficker.

Jael postet bei facebook, dass der kohlenstoff tipping point überschritten sei, ich klicke aber den artikel nicht an und weiß daher nichts genaueres. Ich denke dann, verstehe doch eh nicht, um was es da geht. Und vielleicht lösche ich mein facebook profil sowieso, weil ich die drohungen und das mobbing nicht mehr aushalte, und josy den zugriff auf mich verwehren möchte. Seit einigen wochen bin ich in einer mobbing trance (von trans zu trance!) und arbeite daran, die realitätsebene des gaslightings von der realitätsebene meines empfindens zu unterscheiden. Es ist schwer, weil in meinem bauch ein schmerz eingezogen ist, der mein denken bremst: Entscheidungen kommen mir nebulös vor, auch später noch.

Wie ich meinen körper sehe ist anders, als ihn andere sehen. Mein körper bleibt unsichtbar, wenn sie über den körper sprechen, den ich ihnen präsentiere. Sie sprechen von reiner, weißer haut, schneewittchen, hexe oder verführerin; sie lieben natürliche schönheit und ganz bestimmte körperstellen. Ich gucke an die decke und zähle das geld. Ich lächle sie an und lächle durch sie hindurch: Durch ihr gesicht durch, durch ihre kleidung - durch, ich lächle bis in ihr portemonnaie und lächle die scheine an. Wenn jemand kommt, der korrekt bezahlt und sich höflich verhält und dann vielleicht noch etwas machen will, für das ihn seine freund_innen auslachen würden, wenn sie es wüssten, dann kann ich den respektieren. Aber die erinnerung an ihn verpufft, sobald ich hinterher die tür hinter ihm schließe, er geht durch den hauseingang und ich zurück in den aufenthaltsraum, mit jedem unserer schritte verblasst er. Die scheine verblassen nicht, sie blitzen mich an, den ganzen tag und auch noch den nächsten tag über und wir brauchen keine erinnerung, die scheine und ich, wir brauchen nur uns.

Noch ein kaffee, noch eine zigarette, noch ein kaugummi. Noch ein gespräch über pussy, oder sonderangebote bei netto oder kinder oder geflüchtete oder mietpreise oder männer.

Ich habe die bürgerliche lüge davon, dass geld nicht wichtig sei, transzendiert und wandle in der geheimen, materiellen welt. Sie versteckt sich nicht, aber alle tun so, als gäbe es sie nicht. Geld heißt: Möglichkeit. Geld verdienen heißt: Über sich verfügen können. Geld ausgeben heißt: Self love. Ich laufe durch die läden. Was ich brauche, kann ich kaufen. Was ich will, kann ich kaufen. Ich verfalle der anti-sexwork-rhetorik und sage zu mir selbst: All das geld, ohne dass ich dafür arbeiten musste.

Ich denke über meinen adamsapfel nach. Wieso heißt das überhaupt so? Hat adam den apfel gegessen und ohne von ihm abzubeißen runtergeschluckt und dann ist er ihm im hals stecken geblieben und hat seine stimme rauer gemacht? Wer weiß, wie lange ich noch dieses doppelte spiel hier spielen kann. Passing - darüber weigere ich mich, nachzudenken. Aber jetzt, wo es um geld geht, wird es doch interessant. Ich will keiner arbeit nachgehen, die anstrengender ist als diese und schlechter bezahlt.

Nach zwei tagen kopfschmerz, flimmerndem licht, gliederschmerzen, übelkeit (migräne) gehe ich spazieren. Der mond steht am himmel, gleichzeitig ist sonnenuntergang. Meine gedanken kreisen um josy und den konflikt zuhause. Ich wälze gesprächsfetzen und lösungs- oder eskalationsstrategien aber eigentlich hab ich gar keine hoffnung oder kraft mehr übrig für eine lösung. Ich gucke den mond an und obwohl das tempelhofer feld voller leute und ihrer aktivitäten ist, denke ich - der mond gehört auch mir. Ich und meine ideen, wir sind monster. Zuviel revolution in zu wenig masculinity. Der himmel ist serenity und rose quartz, die trendfarben von 2016 und ich bin dankbar, mir und dem universum gegenüber, dass ich lebe. Dankbar und traurig zugleich.

Oktober 2016

Josy verhält sich auf ihre weise so wie trump, und wie diese feministischen leute, die zum thema child abuse mit rechter polemik agitieren und wie leute von der afd. Was tun dagegen? Ich muss mich bewaffnen, mit ernst, argumenten, rhetorik, vielleicht mit weniger tiefe für das erste türen öffnen in den kopf von anderen hinein?

Dabei ist komplexität bisher mein stil. Aber die komplexität, wie ich sie kenne, bremst. Sie schützt nicht vor starre. Sie wird genauso instrumentalisiert wie die flachen gewässer. Vielleicht meine eigenen gedanken ernst nehmen: Oberflächlichkeit und tiefe als einander ausschließende pole zu konstruieren, von denen nur die tiefe etwas wert ist = misogynie. Was ist daraus der umkehrschluss? Oberflächlichkeit hat wert, auch in der politik, muss doch wert haben, oder? Linke organisierung muss passieren und erste schritte müssen passieren, oder weitere, immer weitere. Lügen, die unser leben anders darstellen, als es wirklich ist, sind doch die instrumente des patriarchats; ich muss ihnen irgendwie beikommen IRGENDWIE ABER WIE was kann ich dagegen setzen? Meine geschichte erzählen, denn wessen sonst, sie mit der geschichte anderer in verbindung bringen.

Wie kommt es, dass die rechte eine politische großzügigkeit den eigenen gruppierungen gegenüber zu besitzen scheint, die der linken fern ist? Ist die rechte entgegen ihrer eigenen vermutung materialistisch, während die linke moralistisch argumentiert und handelt? Der linke mensch muss sich erstmal selbst ändern, verbessern, bevor er in den kampf treten kann. Der rechte mensch kämpft einfach. Oder? Kuddelmuddel in meinem kopf, über eine abstrakte vorstellung von „organisiert euch" geht meine strategie nicht hinaus und dieses organisieren passiert nicht, weil es mir zu anstrengend ist, es auf die mir bekannte, in der linken kultur angesiedelte weise zu tun.

Was ist die wahrheit? Die wahrheit ist, trump lügt und manipuliert auf die gleiche weise, wie unzählige typen, die ich kenne, wie menschen in meinem eigenen umfeld. Durch erpressung und dreistigkeit erreicht er, dass andere ihm macht geben. Die wahrheit ist, macht ist mehr als das präsidentschaftsamt der USA. Die wahrheit ist, die USA sind weit weg und ein zerrspiegel der gesellschaft, in der ich mich befinde. Die wahrheit ist, der zerrspiegel zeigt trotzdem ein spiegelbild. Die wahrheit ist, ich habe nicht genug getan, um den faschismus in diesem land, in dieser stadt zu bekämpfen. Die wahrheit ist, kapitalismus und faschismus sind zwei organe im selben körper. Die wahrheit ist, ich bin auch eine zelle, ich bin ein lebender partikel dieses faschismuskörpers.

Josy sammelt eine schüssel mit ihrer pisse und bewahrt sie neben ihrer tür auf. Einmal, als ich durch die tür mit ihr rede, öffnet sie ganz schnell und leert die schüssel über mich aus; die pisse trifft mein gesicht, meine haare, läuft in meinen mund und spritzt die wand hinter mir voll. In der küche, später, merke ich: Sie hat auch unseren obstkorb in pisse getränkt. Ich schreibe bei instagram: „Für pissplay berechne ich extra, und für non-consensual pissplay gleich doppelt. Aber diese bitch bezahlt nie für das, was sie sich nimmt, also erwarte ich nicht, dass sie mir irgendwann geld gibt." Ich tue so, als sei ich stark und cool, weil ich nicht weiß, wie das geht, sich schwach zeigen, wenn mensch schwach ist. Sich hilfos zeigen, wenn mensch hilflos ist.

Die wahrheit ist, ich habe keine ahnung. Ich habe angst und unter der angst ist hoffnung, glaube. Die wahrheit ist, das leben wird uns schon lange genommen, und dieser tag, 9. november 2016, nimmt uns nicht mehr als jeder andere tag in dieser zu langen reihe aus tagen, die die geschichtslosigkeit des kampfes vortäuschen. Auch dieser tag erwartet eins: Solidarität.

Aber das hier ist die wahrheit: Alleine bin ich nichts

alleine bin ich nicht

November 2016

Du sagst: Die, die so sehr die familie als kern der gesellschaft verteidigen, gehen so scheiße mit den mitgliedern ihrer eigenen familie um. ich denke - wenn das der kern eurer gesellschaft ist, dann wundert mich nichts. Anstatt den kern der gesellschaft zu lieben, zu nähren und zu schützen, schützt ihr seine feinde oder seid jene feinde gleich selbst. Ihr seid es doch, die lügen, intrigieren, gewalt ausüben, stehlen, betrügen, manipulieren, zerstören und beschützt die täter_innen in euren reihen. Ihr seid selbst die täter_innen, die familie ist euer tatort. Und gleichzeitig eure vision für den kern unser aller leben. Wie? Warum?

Es ist der 10. november 2016, die welt hat nicht angehalten. Hätte sein können, dass es ihr jetzt endlich zu blöd geworden ist, dass sie sich nicht mehr drehen mag. Aber weitergedreht hat sie sich schon trotz oder wegen ganz anderer vorkommnisse. 1944 isst meine großmutter hummer, ihre freundin tanzt mit einem wehrmachtssoldat. Wer bitte aß 1944 in deutschland noch hummer? Sie schildert ihr leben als verkettung glücklicher und manchmal unglücklicher umstände, sie selbst ein mädchen, das passiv durch den nationalsozialismus taumelte, aber ich weiß, was ein mensch tun und sein muss, um im faschismus von den glücklichen umständen gesegnet zu sein. Mit wem sie sich gutgestellt hat, das junge mädchen charlotte, unpolitische deutsche. Unpolitische arierin. Ihr vater ein nazi, an dem der krieg wohl spurlos vorübergegangen sein muss, stationiert war er sicher, in frankreich, weitab von bomben und pogromen. Die erde, die verlässlichste und enttäuschendste freundin, dreht sich.

Wir sitzen wieder im bordell. Sonja liest houellebecq und sagt: Soll ich dir vorlesen? Ich sage: Wie findest du es? Sie sagt: Er redet nur davon, wie er huren fickt. Ich trage neue dessous, sie sind durchsichtig und zeigen meine testosteronvergrößerten genitalien. Ich frage die anderen: Findet ihr das outfit zu obszön? Denn slutshaming gibt es auch unter nutten. Eine sagt: Wenn er deine muschi schon kennt, wieso soll er dann noch mit dir auf zimmer?

Franka sagt, sie versteht es, wenn typen sich nicht mehr als die billigste nummer leisten können und macht manchmal mehr service, als sie bezahlt bekommt. Das bringt mich zum nachdenken. Denn wenn wir brot verkaufen würden, dann würde ich sagen, ja klar bekommen arme menschen brot günstiger oder geschenkt! Aber wieso sollte ein armer typ anrecht auf meinen körper haben? Bin ich als sexworker jemandem, der weniger hat als ich, sex schuldig?

Ich versuche mir selbst zu sagen, dass ich niemandem etwas schuldig bin, aber ich glaube an materielle umverteilung in der gesellschaft und wieso ist dann bei sex die bremse? Als eli im queeren café in södermalm arbeitete und ich dort zur schule ging, kam ich mal ins café und sie sagte: Hello there, schoolboy! Ich hatte am morgen eine stunde damit zugebracht, mir ein outfit zusammen zu stellen, dass gay schoolboy mit femininem großstadt-touch aussagte, und in der schule hatte niemand meine mühen zur kenntnis genommen.

Früher: Wir, die jugendgruppe von der kirche, laufen spazieren. Ich glaube, wir waren eis essen mit den älteren, also wir preteens mit den 14-16jährigen. Ich trage eine schlagjeans, die nur aus stretch zu bestehen scheint und auf meiner haut anliegt und ich bin sehr stolz, etwas so neues und modisches zu besitzen. Francesca sagt zu den anderen älteren: Ist das eine miss sixty? Sieht aus wie eine miss sixty. Dann fragt sie mich, ob das eine miss sixty ist. Aber ist es nicht, sondern eine off-brand, an die ich mich heute nicht mehr erinnern kann. Später, als ich verstehe, was miss sixty ist und auch verstehe, dass meine mutter mir keine kaufen wird, werte ich alle miss sixty klamotten sowie ihre träger_innen ab. Ich schreibe ihnen oberflächlichkeit und mitläufer_innentum zu. Ausgrechnet! Dieses tussi-bashing konnte ich nicht noch offensichtlicher betreiben, weil ich selbst ja auch gerne modische, sexy kleidung trug und marken und haute couture liebte. Wahrscheinlich hätte ich eine mit 600-euro-gucci-hose nicht gedisst, aber eine mit 60-euro-miss-sixty-hose schon. Und warum? Weil ich eine 25-euro-no-name-hose trug und mich darin minderwertig fühlte.

Ich wäre gern wie eli und gleichzeitig nervt es mich, dass sie in ihren politics so liberal zu sein scheint. Aber sie ist nicht perfekt und dass ich das von ihr dachte, zeigt nur meine objektifizierung von ihr.

Ich besuche monika in bayern, wo ich aufgewachsen bin. Sie wohnt im gleichen dorf wie meine eltern. Sie macht die tür auf, lange ungekämmte haare, brille, kapuzenpulli auf dem DYKE steht. Meine mutter hat gesagt: In unserer straße wohnt doch eine transsexuelle familie, soll ich euch nichtmal einander vorstellen? Wir unterhalten uns. Monika nennt mich schatz und macht ihrer katze eine insulinspritze fertig. Ihre tochter ist 13 und sie versteht sie überhaupt nicht, eine oberflächliche tussi, die den ganzen tag nur bei whatsapp verbringt. Ich erkläre ihr, oder: Ich versuche ihr zu erklären, warum es nur so aussieht, als sei dieses mädchen an nichts interessiert, versuche eine brücke zu bauen zwischen diesen beiden frauen, aber welche brücke kann soviel femmefeindlichkeit überwinden?, weiß nicht, ob es mir gelingt. Monika raucht und ich habe irgendwann kopfweh. Ihr haus ist schön eingerichtet. Ich trinke wasser. Monika erzählt von ihrer arbeit, von beratungsgesprächen am telefon und selbsthilfegruppen und vernetzungstreffen. Sie hasst das trans*-sternchen und alle verschiedenen linguistischen finessen, sie sagt, hier begreifen die leute trans nicht als identität an sich, die wollen einfach ihr leben leben. Später sagt sie zu mir: Du hältst ihnen einen spiegel vor und wenn man in den spiegel nicht reingucken kann, dann muss man ihn zerschlagen.

Dezember 2016

Bei kaiser's in der schlange an der kasse sehe ich eine person komplett in beige, kinderwagen beige und baby in beige. Aber die haare in braun-blonden strähnchen. (Früher mein traum, weiß heute nicht mehr wieso, da es nur selten gut aussieht. Ausprobiert habe ich es nie.)

Jürgen, der uralte filmproduzent, mit dem dirty talk in eine diskussion über frauen in der filmbranche ausartet. Er würde so gern mal einen kaffee mit mir trinken oder mich für einen film casten, oder, oder. Vielleicht fände er es schön, mir zu helfen, bin schließlich nicht nur „frau", sondern noch dazu prostituierte. Ich sage sachen wie: Ich bin aber keine schauspielerin, sondern autorin, verstehst du? Und dann: Bevor ich als schauspielerin in die filmbranche einsteige, arbeite ich lieber hier. Ich denke nicht nach, ob ich das ernst meine, aber egal, es beeindruckt ihn und er sagt: Ja, verstehe, das ist ehrlicher. Der wahre grund, nicht als schauspielerin zu arbeiten ist aber, dass ich keine frau bin, sondern ein mann, für eine männerrolle aber eher nicht gecastet werden würde. Trotzdem denke ich auf dem heimweg darüber nach und stelle mir vor, was er wohl theoretisch für mich tun könnte. Als ich ava davon erzähle, sagt sie: Ist doch ok. Das leben nimmt seltsame wendungen.

Während ich dies schreibe, bin ich nervös, aufgebracht, mit den gedanken bei Josy. Es war gut, weg zu gehen und nicht erreichbar zu sein. Josy missachtet absprachen und fordert pausenlose bereitschaft und erreichbarkeit ein und wenn ich die nicht bereitstelle, gibt es eine strafe. Ich sitze im café, mir ist übel. Habe einen powerdrink bestellt, aus ingwer, minze und zitrone. Im café was trinken kostet jetzt immer gleich so viel, wie früher ein mittagessen maximal kosten durfte. Neukölln! Molly nilsson singt was, die leute am nebentisch reden über die serie transparents und über hausarbeiten, die von schamhaaren handeln. Mir fallen die worte nicht ein, die verben und adjektive und nomen, und mit der richtigen grammatik bin ich auch nicht mehr sicher. Ich weiß jetzt, was das für ein gefühl ist: Ich bin getriggert. Hatte mich immer über triggerwarnungen lustig gemacht und so, aber jetzt weiß ich, wie es ist.

Ich stehe vor josys tür, die tür ist offen, sie macht irgendwas auf dem boden. Ich sage was, irgendwas darüber, dass sie ausziehen muss, dass wir nicht mehr mit ihr zusammen wohnen wollen. Sie nimmt einen hammer, der auf dem boden liegt, steht auf und kommt auf mich zu. Sie steht direkt vor mir. Sie hebt den hammer vor mein gesicht. Ich sage: Bedrohst du mich mit einem hammer? Sie lächelt mich an und sagt: Nein. Mir ist übel, ich stehe neben mir und schwebe ein paar cm über der bank, auf der mein hintern sitzt. Es flimmert vor meinen augen. Ich zittere innerlich. Bald ist es vorbei. Ich liebe ava, sie ist wie eine stand-up comedienne. Ich denke, sie könnte einfach auf eine bühne gehen und von ihrem arbeitstag erzählen, denn sie ist so witzig, dass ich mich vor lachen krümme bei ihren geschichten.

Selina ist rausgeflogen. Alle sind erleichtert. Die stimmung ist viel besser und der rassismus und die homofeindlichkeit sind weniger geworden und werden nicht mehr als selbstverständlich gesehen. Plötzlich scheint es, als habe selina niemals irgendwelche freundinnen im laden gehabt, denn alle sagen, dass sie sie nicht gemocht hätten. Selina ist so: Sie schubst dich, während du ein tablett mit cola balancierst, sodass dir etwas runterfällt. Dann bückst du dich, um die sachen aufzuheben und sie sieht dir von oben direkt in die augen und sagt: Hoppla. Wenn der puff eine high school wäre, wäre sie regina george. Ava sagte immer: Selina hat ein gutes herz, aber sie hat eine harte schale. Ava wollte schon feierabend machen und war sich am umziehen, als wir uns nochmal vorstellen sollen. Sie geht halb nackt zu den zwei typen ins zimmer, mit ihren riesigen brüsten voran. Einer der beiden macht einen spruch, aber es ist ihr egal. Ich sage: Nee, ich will mich nicht vorstellen, ich will nach hause, und sie sagt: Ach komm, einer geht noch! Nimm doch noch einen, für den heimweg!

Ava plant, von ihren eltern auszuziehen, die zwar gern ihr hart verdientes geld nehmen, sie aber scheiße behandeln und kauft deshalb goldene troddeln für samtvorhänge und handtuchhalter mit riesigen glitzernden steinen, für ihre neue wohnung. Wir reden über mode, eigentlich eher über marken und bewundern jeweils die teuersten kleidungsstücke der anderen person. Ich zeige ihr meine neue hose, sie hat mehr gekostet als eine monatsmiete und sie sagt: Das ist keine hose, das ist ein kunstwerk! Ich bin stolz und glücklich, dass sie mich versteht.

Sie hat zwei taschen von louis vuitton, sie weiß, warum mensch geld für mode ausgeben will.

Ich flüstere: Seit selina weg ist, gibt es auch weniger homofeindlichkeit, und alice ruft durch den raum: Wer flüstert, der…! Wir sollen nicht mehr flüstern, weil unsere chefin sagt, das sei schlecht für die stimmung untereinander und alice sorgt gerne dafür, dass diese regeln eingehalten werden.

Ich frage mich: Welche arbeitgeberin kann ihren angestellten verbieten zu flüstern? Aber die antwort lautet: Meine chefin ist nicht meine arbeitgeberin. Ich bin selbständig und sie vermietet mir ihre räume. Sie ist zimmervermieterin. Und wenn ich flüstere, zu viele männer ablehne, immer zu spät komme und mich anderweitig widersetze, dann nimmt sie meine fotos aus dem internet und trägt mir keine schichten mehr ein. Es ist meine freie entscheidung.

Heute ist der geburtstag von dirk. Was er wohl macht? Das letzte, was ich von ihm weiß, ist, dass er altenpfleger wurde, weil er so das gefühl hatte, etwas echt heldenhaftes zu tun. Damals, als er das entschied und wir uns noch kannten, dachte ich, oh nein, das brauchst du doch nicht, du bist doch auch so schon total heldenhaft; heute sehe ich es anders. Er war ein gutes beispiel für den entitleten *weißen* jungen mann, der zu allem eine meinung hat und in allen lebenslagen akteur, niemals objekt ist. Seine ansichten waren liberal, frauen konnten durch zuviel sex abgenutzt werden, aber sie waren ihm auf jeden fall auch sex schuldig. Der konservative rebell!

Ich habe ein interview mit kim moody gelesen, das meiner polit-panik den nährboden nimmt. Kim sagt, dass es in der vergangenheit, nach der umstrukturierung des arbeitsmarkt (zb durch technische neuerungen) jeweils ca. eine generation von arbeiter_innen (zehn bis fünfzehn jahre) gedauert hat, bis sie sich erneut organisieren und sich ihrer gemeinsamen macht und deren instrumente gewahr werden konnten. Ich merke, wie ich reinfalle, auf schnell-schnell-schnell, und auf die erwartung, dass jetzt lösungen gefunden werden müssen. Die probleme, die wir lösen wollen, sind auch nicht erst jetzt entstanden, sie kommen seit jahrzehnten, teilweise länger, auf uns zu und kein leidenschaftlicher aktionismus der welt kann sie einfach so lösen.

Ich bin freelancer, also ist mein arbeitgeber der staat. Wie organisieren sich freelancer_innen? In den zeiten, in denen ich kein freelancer war, war ich angestellter in so nervigen dienstleistungsjobs, wo mensch teamleiter_innen oder manager_innen vor der nase hat, die nicht mehr verdienen als mensch selbst, die aber mehr bestimmen dürfen und dennoch nicht die regeln aufstellen. Da ist es mir schwerer und schwerer gefallen, als arbeitnehmer stress zu machen, weil die fröhliche, kumpelhafte atmosphäre, die zwischen allen herrschen muss, teil des produkts ist, das ich mit meiner für acht euro fünfzig brutto pro stunde verkauften arbeitskraft herstelle. Stress machen, und dann den ganzen tag in der selbst verursachten kloakenstimmung sitzen, weil das management ja neben und mit einem arbeitet und einem immer auf die finger schaut, das konnte ich nicht. Die eigentlichen chef_innen traf mensch nie, sie waren irgendwo und konnten beschuldigt, aber nie angegriffen werden.

Ich bin müde, die dunkelheit holt mich ein. Ich nehme vitamine und zwinge mich zu sport und spaziergängen. In wirklichkeit bin ich doch immer müde, es fühlt sich nur mit jeder jahreszeit aufs neue an, als sei diese müdigkeit anders, schlimmer oder bekämpfbarer als die vorangegangenen.

Ich komme zurück in den aufenthaltsraum. Die stimmung ist anders. Aufgeregt und ein bisschen mysteriös. Anscheinend ist was passiert. Natascha sagt: Es ist wie in nizza! Die araber waren es! Ich schaue auf mein handy, ah, ok. Ein lkw hat einen unfall auf einem weihnachtsmarkt verursacht. Der breidscheidtplatz ist bei uns um die ecke. Einige reden über das ereignis. Ich weiß nicht, ob ihr schock oder ihre freude überwiegt. Schock, oder angst, weil es so greifbar erscheint, direkt in der nähe, weihnachtsmarkt, da kommen auf jeden fall gefühle auf. Freude, glaube ich, weil etwas bestätigt wird, für das mensch vorher vielleicht noch ein schlechtes gewissen hatte. Das etwas heißt rassismus, kurz gesagt. Einige andere sagen gar nichts, sondern gehen einfach nach hause. Gar nichts sagen, das ist schon sowas wie widerstand. Ich sage zu Natascha: Äh, also, ich glaub nicht, dass es die araber waren.

Januar 2017

Ein mann kommt am ersten januar und sagt: Du kaufst ja später auch mein buch.

Ich sage: Nein.

Er sagt: Wieso?

Ich sage: Du hast mir erzählt, worum es in dem buch geht und ich habe gemerkt, dass es mich nicht interessiert.

Er sagt: Doch, du kaufst es dir. Es fasziniert dich nämlich. Du hast ja nicht alle tage sex mit einem autor.

Ich sage nichts.

Fritzi sagt: Gescheiterte künstler sind die schlimmsten.

Ich zeige ihr den flyer, den er mir aufgedrängt hat, den flyer von seinem buch. Sie sagt: Er hat nichtmal einen verlag. Er hat sein buch im eigenverlag rausgebracht.

Der sexworker umgang mit sexualisierter gewalt löst sich von der empörung über die beschmutzung des opfers durch den täter. Wenn der faktor der beschmutzung aus der gleichung genommen wird, geht es um die konkreten folgen der gewalt: Schmerzen, angst, infektionen, blaue flecken, beeinträchtigung der arbeitsfähigkeit, gefahr eines outings (zb wenn mensch gegen den eigenen willen gefilmt wird). Im zentrum steht nicht die zerstörte seele, die bereinigt / geheilt werden muss, sondern die arbeitsfähigkeit: Die anderen konzentrieren ihre emotionale arbeit darauf, dass die person zu mut und kräften kommt, um wieder ans geld verdienen denken zu können. Sie verdient das geld für sich allein, und es wird davon ausgegangen, dass geld eine große rolle spielt, sonst würde sie, würden wir nicht dort arbeiten. Darum ist es sehr wichtig, die arbeit wieder aufnehmen zu können. Eine aufmunterung, weiter zu arbeiten, ist nicht gefühlskalt, sondern solidarisch: Eine anerkennung der materiellen wirklichkeit des_der anderen.

Wenn ich die augen zumache, dann erscheinen darin verschiedenfarbige tiere, die sich in einem spiel ähnlich candy crush zu dreierreihen zusammenschieben und punkte einbringen und klingelnde geräusche machen und platzen.

Zum ersten mal lese ich schernikau und bin elektrisiert - ist er wie ich? Versteht er mich? Bin ich wie er? Gibt es noch mehr von unserer sorte? Aber er ist tot und auch sein schreiben hat den malmenden lauf der dampfwalze kapitalismus nicht aufgehalten. Er sagt: Was macht der revolutionäre künstler ohne die revolution? Na, kunst. Ich kaufe valium von der freundin eines freundes. In ihrem flur ist eine discoglühbirne in der deckenlampe, überall hängen girlanden. Hier ist immer party, sagt sie müde.

Schernikau sagt: Ich habe angst. Ich bin weiblich, ich bin männlich, ich bin doppelt.

Ich musste 28 werden um zu erfahren, dass es diesen autor gegeben hat, der mit 31 an aids starb, der ein blick in den spiegel und in die zukunft und in die vergangenheit ist. Ich existiere! Beweis: Er hat existiert.

Zu wissen, dass josy über mich gesagt hat, dass sie mich umbringen wird - und das in meiner eigenen küche. Und dass das vor mir geheim gehalten wurde, um mich nicht weiter aufzuregen. Und auch, als sie mich bedroht hat und ich es erzählte, da durfte ich immer noch nicht erfahren, wie tief ihr hass gegen mich von anfang an gewesen ist.

Mein körper schmerzt, trotz yoga. Ich trinke wasser, es reicht aber nie. Ich will mein schreiben vorwärts bringen. Ich lese schernikau und nehme mein wissen als mangel wahr - worauf er sich bezieht, kenne ich kaum. Latein längst vergessen. Bildungsbürgertum in mir gepflanzt, aber nicht gegossen. Jetzt gehe ich ins theater und verstehe kein wort.

Bildungsbürgertum gepflanzt, wahnsinn gegossen, und die ernte - ?

Bildungsbürgertum gepflanzt, minderwertigkeitskomplexe gegossen, geerntet den wahnsinn.

Dschungelcamp: Kader loth teilt ihre lebenserfahrung und nennt alle „schätzchen". Gina-lisa stellt sich als engel heraus, der allen helfen will. Flori lässt sich von mackern nicht beeindrucken, sondern stellt sie bloß. Ich entwickle die theorie, dass das botox diesen kandidat_innen gewisse einsichten beschert, wie in ihre nervenbahnen injiziert. Zu ihnen wird immer gesagt: Du bist nicht echt, ich glaube dir keins deiner gefühle, du bist nur show, du bist künstlich. Und gleichzeitig: Fühlen sie.

Das kreiert eine doppelte realität und viele,

die in einer doppelten realität leben müssen, in der niemand außer ihnen selbst ihre existenz als menschen sieht und verficht, wissen mehr über das leben, als die unoperierten, natürlichen schönheiten.

Differenz wird nicht ausgehalten. Wer nicht ist_denkt, wie ich, denkt nicht. Anders = falsch.

So viel botox, dass es das gesicht einfriert, stelle ich mir als befreiung vor: Nur was ich sage, zählt; das gesicht pfuscht nicht dazwischen.

2012, ich schreibe: Es macht keinen unterschied, ob ich da bin, sodass ich hinterher nicht sicher sagen kann, ob ich da war. Gegen die leere anschreiben, weil anschreien nicht geht. Kognitive dissonanz: Wenn man spricht und die anderen schweigen, dann bedeutet es, dass sie einem zuhören, aber wenn danach so gesprochen wird, als hätte man selbst nie gesprochen, kann man nicht beweisen, dass sie einem nicht zugehört haben und man darf sich nicht beschweren. Warum es so viele wörter gibt, immer neue wörter, für zustände, die doch jedes mal gleich sind, weiß ich nicht. Warum es notwendig ist, die zustände, die doch jedes mal gleich sind, immer neu mit wörtern zum reden zu bringen. Warum die zustände sich nicht von den wörtern bannen oder beschwören lassen.

Männerrechtler beobachten meinen blog, linke akademiker_innen zitieren daraus, pfui spinne elendes gefühl; verbieten kann ich den leuten nix.

Das elend, die afd, all das: Ich schreibe wenig auf dazu, denn ich weiß nicht, was. Empörung empfinde ich nicht, da ich materialist bin. Strategien habe ich keine, außer dem abstrakten imperativ organize.

Besuch von einer, mit der ich mal zusammen war. Sie sitzt neben mir auf dem sofa, rattert ihre gedanken runter, und wenn ich nachfrage, scheint sie irritiert. Habe ich früher nicht nachgefragt? Hab ich früher mehr genickt? So getan, als könnte ich folgen? Mein körper erinnert sich an meine unterwürfigkeit ihr gegenüber.

Jetzt pflanze ich meine abweisung in die erde zwischen uns, gieße sie, aber sie sieht sie nicht wachsen. Sie muss die pflänzchen sehen, aber sie zeigt keinen schmerz. Vielleicht kann ich ihrem schmerz nichts hinzufügen. Es schneit, still.

Dieser gnädige schnee, er will, dass wir nochmal von vorn anfangen, nicht sie und ich, sondern alle, wir alle, los, raus in den schnee, fußspuren, wege ebnen. Aber machen wir nicht, wir machen nur alles dreckig und nass und der schee scmilzt und wieder muss er fallen. Das ist die geschichte dieses winters. Die panik, hetze, hysterie nimmt mich ein, mich auch, ich scrolle so rum, gucke bilder an von all den protesten und bei besonders guten protestschildern muss ich weinen. Es tut gut, etwas zu fühlen, die panik ist ein gefühl, und zwar ohne, dass ich das haus verlassen oder mit irgendwelchen leuten reden musste.

Nick - ein mensch wie ein gummibärchen. Ich finde es schön, dass er so gar nicht den trans guys entspricht, die ich außer mir selbst kenne. Er ist nicht schweigsam, öde gekleidet, mit unsichtbaren narben und haarschnitt vom barbershop. Stattdessen ist er ein plaudergenie.

Ich denke - ihn stellt niemand in frage, sondern alle stellen immer nur mich in frage. Aber ich weiß, das stimmt nicht.

Februar 2017

Ich: Es war ein typ der war wie ein zwilling von diesem einen kandidaten vom dschungelcamp. So vom aussehen und charakter her. Pfui.

Du: Ih!

Ich: Und ich sage hinterher zu meiner kollegin, kennst du dschungelcamp? Dieser eine, sein zwilling war grade bei mir. Und sie sagt: Boah ich hasse den auch so. Der war stammgast von meiner freundin, noch im andern laden. Und ich sage: ICH HAB ORIGINAL GEDACHT ER IST SO EIN FREIER und sie: JA ICH AUCH!!! UND DANN HAB ICH ERFAHREN, ER IST WIRKLICH EINER.

Du: Haha...

Ich: Zb sagt er: Frauen sind ja sensibler, die spüren oft, was mit männern los ist, obwohl männer es selbst nicht spüren. Und ich sage: Hm ich glaub ich weiß warum das so ist!

Du: Hehe

Ich: Das ist ein überlebensinstinkt! Weil, wusstest du, dass für frauen die zweithäufigste todesursache ihr eigener partner ist? Frauen müssen sich einfach immer in acht nehmen, daher spüren sie soviel. Vor allem bei männern spüren sie so viel.

Es folgt ein tag auf den nächsten, ich kann nicht mehr, wenn ich das leben vor mir sehe, aber was ich kann, ist ein schritt nach dem anderen

Ich mache pläne, wie ein phönix aus der asche und so, und muss dann doch zurück in den puff.

Schon wieder nicht: Mal bei den eltern angerufen.

Als es egal war - wer ich bin, wie andere mich sehen. Dahin will ich zurück. Vielleicht eine tasche packen und dorthin reisen? Schritt für schritt, wie auf einem wanderweg (nicht so sein wie all die leute die wir hassen, tic tac toe; aber ich bin so, genau so, ich bin wie die leute, die wir hassen, deshalb hasse ich sie ja).

Tag für tag, wie yoga mit adriene, und dann so, wenn ich ein piercing hätte oder mehr tattoos oder eine schwarze basecap, das haben doch viele gay boys jetzt grade, dann würde alles besser klappen, das leben wäre rund wie ein ball.

Ich schaffe es beim besten willen nicht, einen cis kleidungsstil zu adaptieren. Ich denke dann, ich sei cute oder elegant, aber für die anderen bin ich einfach nur seltsam. Robin sagte mal: People look at us and they don't know - are we trans or are we just ugly.

Ich will nicht mehr. Ich will die kratzenden bärte, stinkende haut, die augen, die spucke und sperma.

Ich will mit all dem nichts mehr zu tun haben, meine hände stinken nach diesen händen. Ich hab genug einfach.

Wie soll ich stattdessen mein geld verdienen?

Wenn ich mich daran erinnere, dass es alle machen, ist es einfacher. Ich bin dann nicht individuum sondern eine_r wie alle anderen. Sie sehen makellos aus, aber trotzdem liegen sie unter den gleichen bäuchen und gesichtern wie ich und desinfizieren sich danach, weil es sie anekelt. Ich bin wie sie. Kein grund, was besonderes zu sein. Kein grund, sich mies zu fühlen.

Ich rasiere mich am ganzen körper, es ist wie ein schaf scheren.

Ein mensch muss: Die eigenen fähigkeiten und talente zu markte tragen.

Aber ein mensch muss nicht: In den spiegel sehen, und den anblick ertragen können.

Wenn ich mein spiegelbild nicht aushalte, dann kann ich das akzeptieren. Ich brauche mich nicht zu zerstören, oder den spiegel. Ich kann weiter vor mich hin leben, als lama anstelle eines rehs oder als nilpferd, nicht als pony oder als irgendwas anderes, das nicht dem enstpricht, wie ich mich selbst am liebsten hätte. Ich kann akzeptieren, dass ich mich nicht akzeptiere.

Kann = muss.

Ich gehe zu einer show von olympia bukkakis. Nehme vorher valium, denn ich weiß schon, dass viele leute da sein werden und dann mit valium macht es mehr spaß. Ich trinke zwei bier, die verstärken das valium und das mag ich. Ich sitze entspannt rum, so wie ich gerne immer wäre. Entspannt, freundlich und mit intakten boundaries.

Dann begrüßen mich alle, die ich kenne. Vielleicht begrüßen sie mich, weil ich einfach gute vibes aussende? Andere als sonst? Fühlt sich jedenfalls gut an. Fühle mich integriert ins partyvolk. Dann kommt milo und wir reden. Ich erzähle von meiner arbeit, milo ist hochinteressiert, dann kommt jonas, ein freund von milo. Milo bietet uns beiden koks an, ich sage, nee, weil, ich will nicht, dass mein herz stehen bleibt, wegen valium, aber komme trotzdem mit aufs klo. Nehme dann doch eine halbe line, denn zu kokain nein sagen macht nur sinn, wenn mensch ein drogenproblem hat und zu allem nein sagen sollte. Die folgenden gespräche sind faszinierend. Ich bin selbst im nachhinein noch glücklich, weil ich weiß, ich habe mich überhaupt nicht gelangweilt! Grandios!!! Kokain!!!!

Andy kommt und erzählt von ihren problemen, ich liebe sie so sehr sie erzählt und es sind die gleichen beschissenen probleme, die fast alle haben, transfeindlichkeit, migrationshindernisse, selbstverachtung, drogen, geld. Sie erzählt und vielleicht ist es mein valium-koks-gefühl aber ich liebe sie noch mehr weil sie lächelt. Es tut auch weh, dass sie lächelt, beim erzählen. Ich kenne das und ich denke, was bleibt uns auch sonst? Der schmerz ist groß genug; ihn zu performen bringt nichts.

Ich gehe noch mit, das koks macht mich leutselig, vor dem nächsten laden sind plötzlich meine freund_innen, halbnackt, die wollen alle, dass ich mit reinkomme, und mit ihnen speed nehme, aber ich kriege hunger und ich sehe alles deutlich, ungeschönt und dann gehe ich heim.

Ich schreibe irgendwelche gedanken auf. Krakelig, wie ich am tag darauf feststelle.

Ich schreibe: Isolation. Valium, alles ist jetzt ganz gemütlich. Ich bleibe bei mir, und da valium angst löst, heißt das, dass ich wohl aus angst nicht bei mir geblieben bin.

Beim zweiten mal merke ich - er macht mich fertig. Er untergräbt mich, wo ich es nicht erwartet habe. Er erträgt es nicht, dass ich nichts von mir preisgeben will und bestraft mich dafür. Ich hatte mich überlegen gefühlt, mein fehler, jetzt krieg ich es zurück und er urteilt über meinen körper und testet meine grenzen und erst als ich später unter der dusche stehe merke ich, dass er kein hohles brot ist, wie ich dachte. Seine manipulation hat strategie. Seine taktik: Erniedrigung, verwirrung, sich selbst kleinmachen, sodass ich unvorsichtig werde. Und noch was, das ich nicht richtig greifen kann. Ich darf ihn nie wieder treffen, egal wieviel er zahlt.

Meine mutter sagt: Die fliegen kommen vermutlich aus einem deiner blumentöpfe. Du kannst einen dünger kaufen, der sie bekämpft, dann ist das problem ruckzuck gelöst.

März 2017

Ich gehe arbeiten, liege unter einem typen, denke aber an eine kollegin, die eben von erlebter gewalt erzählt hat. Sie ist zart, klug und liebevoll, ihr gesicht ist eine undruchdringliche maske, ihre wimpern wie stahlseile.

Ich wandle mein schluchzen in ein stöhnn um. Der typ guckt in den spiegel, wie wir beim sex aussehen: Ugly, wären wir nicht in ein licht getaucht, das alles verzeiht.

Als trans mann steht mir eine ewige jugend bevor. Warum also die eile. Es ist egal, was ist. Ich höre andere, sie reden und lachen und ich will nicht mit ihnen befreundet sein, nach allem, was ich da höre, aber bin trotzdem neidisch. Die kneipe untendrunter spielt laut smalltown boy. Immer, wenn gay hymnen bei heten der große hit sind, dann habe ich gemischte gefühle.

Wenn ich mich nur um mich kümmern würde, hätte ich unfassbar viel kraft. Habe ich auch jetzt schon, aber gott hat mir die unsicherheit gegeben, die mir zur aufgabe macht, dass ich von anderen validiert werden muss, bevor ich weitermache.

Sich selbst auf fotos sehen und denken, so sehe ich aus: Scheiße. Scham! Hass! Bzw... müdigkeit davon, immer nur zu hassen.

Mein körper: In der badewanne denke ich, bitte schneidet meine brüste ab, ich denke, hört meine stimme nicht an, sie ist ein witz. Ich will anders werden, wurde im falschen körper geboren usw.

Was sieht mensch im spiegel? Ist es befriedigung darüber, etwas geschafft zu haben? Eine norm zu erfüllen?

So, ewww, ich

EIN GEBET

Hör meine stimme nicht

Freitagabend. Müdigkeit. Ich denke: Amal nimmt die welt aus der perspektive einer sorglosen und privilegierten person wahr. Selbst ist sie weder privilegiert noch sorglos und ihre ansichten treffen überhaupt nicht auf die umstände ihres lebens zu.

Die monate vergehen. Ich sitze auf einer holzbank auf dem tempelhofer feld, bei den gärten. Ich will als queer escort arbeiten. Die queers werden reicher und wollen auch an dienstleistungen / konsum teilhaben, wie die schwulen schon lange. Mich selbst als fetisch vermarkten. Ist okay!

Heute nacht habe ich geträumt. Erstens, meine geschwister und ich, wir sind im haus unserer toten großeltern. Eine art villa auf dem land, aber im traum sieht es aus wie ein wohnwagen oder ein paar ferienbugalows. Ich gehe morgens los, kaufe zutaten fürs frühstück und meine geschwister wollen nichts essen, nichts von dem, was ich gekauft habe. Ich fühle mich enttäuscht, aber kann das nicht äußern, den sie können ja nichts dafür, dass ich etwas gekauft habe, dass sie gar nicht unbedingt wollten. Dann träume ich, dass die familie sich trifft, die großeltern der anderen seite. Opa ist da, denn oma ist zuerst gestorben, und ich begrüße ihn. Ich umarme ihn, aber er steht einfach nur da, ich flüstere ihm zu, wer ich bin, alter und neuer name, aber er erinnert sich nicht. Später auf dem fest - mein vater fällt hin, hat einen herzinfarkt oder so, denn seine eine gesichtshälfte wird starr und die andere hälfte zittert. Jemand sagt, es ist ein schlaganfall und er sieht uns mit aufgerissenen augen an und nickt. Die anderen leute

- es ist wohl meine familie, vage vertraut, aber im traum fühle ich nicht, dass wir uns besonders gut kennen, ich fühle mich allein.

Ich habe eine arte doku angesehen über sexworker in paris, im 19. jahrhundert und über irgendwelche maler, die über sie zu ruhm gelangt sind. Ich denke - diese männer konnten als künstler aufsehen erregen, indem sie die taten anderer abbildeten. Sie malten prostituierte, sie bildeten deren leben ab, ein leben aus grenzüberschreitungen in einer sie begrenzenden gesellschaft. Diese maler überschritten jene grenzen nicht, sie bildeten die grenzüberschreitung nur ab. Die grenzen überschritten, meisterten die prostituierten selber. Da ihre körper aber entpolitisiert (oder objektifiziert, immer mindestens eins von beiden) werden, gelingt es einem unbeteiligten (dem maler), ihre grenzüberschreitung als seine eigene zu vermarkten. Nie ist von den körpern, der kleidung, dem witz, charme, elend oder geschäftssinn der freier die rede. Warum? Weil sie nicht für berichtenswert befunden wurden, nicht einmal aus der perspektive der männlichen künstler heraus (die oft selbst freier waren, also durchaus von sich selbst hätten berichten können).

Auch damals wurden alle, die arbeiteten, registriert, mit foto und beschreibung ihrer karriere, tätigkeiten und freiern. Jetzt wieder, 2017.

White supremacy wird durch verbündungen hergestellt:

Ich plaudere mit einem *weißen* typen über irgendwas, als ich ihn zur tür bringe. Ich sage, und, guckst du dir was im kino an? Er sagt ja, den und den film. Ich sage, ich will mir unbedingt moonlight angucken, der hat ja nun auch einen oscar bekommen. Er sagt mit rassistischem subtext, dass der oscar unverdient an moonlight gegangen sei, und zwinkert so verschwörerisch, als müsste mir das doch auch klar sein, *weiß* zu *weiß*. Ich sage nein und mache hinter ihm die tür zu.

Ava erzählt mir, wie sie sich in einer schwulenbar wiederfand, nach einem anstrengenden escort date; einem ort, wo sie sich normalerweise wohl fühlt, weil sie dort nicht von männern angemacht wird. Aber dort hingen einige stricher rum, die auch auf frauen stehen. Sie begrapschten ava und machten sie an. Sie flippte aus und prügelte auf den einen ein und sprühte ihm dann noch pfefferspray ins gesicht. Der typ war, sagt sie, nicht *weiß* und nicht deutsch. Für Ava, die *weiß* und deutsch ist, war es möglich, auf den mann einzuschlagen, wo sie sonst nicht mit gewalt auf die gewalt der männer gegen sie reagieren kann. Warum? Weil er hierarchisch unter ihr stand, denke ich. Weil gewalt gegen ihn nicht gegen die gesellschaftliche ordnung verstößt und für sie keine konsequenzen entstehen.

Sie erzählt mir die story und ich weiß nicht, wie ich reagieren soll. Ich bin glücklich, dass sie sich gewehrt hat; aber in der scheinbar impulsiven handlung entlud sich ihr rassismus und sie findet nichts dabei, mir davon zu erzählen.

Pfefferspray hat eine neue bedeutung bekommen. Es eint nun *weiße* frauen in ihrem kampf um white supremacy. Aller männerhass, der nicht erlaubt ist, kann jetzt an nicht *weißen* männern verhandelt werden. Jetzt - eine koloniale tradition.

Am anfang ist mensch selbst noch beobachter_in, aber nach einer weile sind es nicht mehr die anderen und ich, sondern wir und mensch spricht, argumentiert und denkt aus der perspektive der gruppe. Die gruppe wird wichtiger als die, die nicht teil von ihr sind.

Durch das schreiben habe ich die illusion, den zeitfluss in meine kontrolle bringen zu können. Ich beobachte und das fühlt sich dann schon nach mehr an, als das leben, wenn mensch mitten darin ist. Klar, ich setze mich irgendwohin und schon kommt ein typ mit seiner gitarre und spielt erstmal was. Pling pling pling. Ich will mich konzentrieren, aber sowas ist wie eine reizhandlung: Nervig, einfach, weil es von einem typen kommt. Aha, jetzt kommen noch mehr typen. Er hat sie angezogen wie der rattenfänger von hameln. Wenn es frühling wird, ist der park voller leute. Klar, ich bin ja auch hier.

Seit ich weiß, dass ich dieses buch hier schreiben kann, erforsche ich die gattung der puff-bücher. Ich will wissen, wovon sie erzählen, wovon nicht. Schwesta ewa ist auch teil dieses genres - kulturprodukte über sexarbeit. Eine der wenigen künstlerinnen, die tatsächlich aus eigener erfahrung sprechen. Und dennoch hat sie, wie sie zumindest auf ihrem album rappt, die produktion selbst finanziert, aus puffgeld.

Leere. Einsamkeit, andere aber nicht aushalten.

Die sonne scheint. Ich könnte mit kurzer hose draußen rumlaufen. Aber ich laufe ohne kurze hose hier drinnen rum. Die jahreszeiten spiegeln sich in der deko wieder, es gibt weihnachten, ostern, fußball und halloween. Zwischendrin ist die deko jahreszeitenübergreifend romantisch. Die temperatur ist immer gleich. Das licht immer gleich. Die musik immer gleich. Alles immer gleich. Die zeit steht still. Die zeit sitzt neben uns auf dem sofa, ihr hintern rechts und links von der poritze, in die sich ihr slip eingräbt. Der slip hält das auch nicht aus, das vergehen unserer lebenszeit, die sich nur an den falten in unseren gesichtern ablesen lässt, die weichen teppiche, die schleppenden schritte unserer highheels und plateaustiefel.

Ich hab das schonmal geschrieben, über die zeit, aber macht nichts, könnte es jeden tag schreiben, denn jeder tag ist gleich. Alle tage sind gleich. Die farm der tage, manche sind gleicher. Der real existierende sozialismus im verlauf der zeit: Er ist im bordell und stakst durch die gänge.

Fahrstuhlmusik, aber es geht nicht nach oben und es geht nicht nach unten. Im kreis.

Ich denke an meinen körper, bin traurig. Frage mich, ob ich, wie menschen, die unter fatshaming zu leiden haben und daran arbeiten, ihre körper zu lieben, trotz hass von außen, ob ich das auch tun sollte. Sollte ich meinen körper akzeptieren und das beste daraus machen? Ich sage immer zum spaß - ich bin im falschen körper geboren.

April 2017

Re: Beißreflexe

Aufklärung und emanzipation werden in beißreflexe als opfer des kolonialismus dargestellt, nicht etwa als dessen ideologischer motor. Die kolonialmächte schickten ihre soldaten und missionare los, um zu morden, zerstören, unterwerfen, plündern und versklaven. Sie zogen dabei leider den guten namen von aufklärung und sowas in den schmutz! Wie traurig! Von diesem schlechten ruf konnte sich die aufklärung bis heute nicht erholen!

Die wahrheit ist - die aufklärung hat keinen schlechten ruf und die emanzipation auch nicht. In ihrem namen werden heute kriege geführt und stadtteile gentrifiziert und die deutungshoheit des *weißen* mannes (...) wird wegen der neutralen, wissenschaftlichen werte der aufklärung aufrecht erhalten.

Nichts neues unter der sonne. Nichts, nichts neues.

Was ist das hier für ein buch - ? Schernikau, wenn er millennial gewesen wäre, bzw für millennials. Es ist poppig und politisch!

Ist es ein roman? Eine novelle? Wir wissen nichts genaues.

Was ist es nicht? Ein „als ich einmal eine woche im rotlichtmilieu mich umgeguckt habe"-report-buch. Keine moralschrift.

Ein materialistisch-romantischer bericht eines trans mannes und wie er lebt.

Wo ist der unterschied zwischen mir und dem typen im buch? Es gibt sehr viele bücher, filme, songs,... in denen andere über sexwork und über uns sexworker_innen sprechen und schreiben und sehr wenige, die von uns selbst gemacht sind. Und die, die es gibt, sind sehr häufig von *weißen* cis sexworker_innen gemacht. Zum beispiel die arbeiten von jacqueline frances. Sie ist stripperin, noch dazu. Ein beruf, der von der gesellschaft weniger verachtet wird, als beispielsweise bordellnutte. Sie kann ihre bücher mit ihrem gesicht, ihrem körper bewerben. Sie kann eine story erzählen, die für andere greifbar und nachvollziehbar ist. Ich fand es schön, ihre bücher zu lesen. Ich habe mich aber auch klein und unsichtbar gefühlt. Sie distanziert sich von full service stripperinnen, auch wenn sie versucht, dies zu reflektieren. Sie ist in der respektableren ecke der branche. Strippen - das ist heutzutage in manchen bürgerlichen kreisen ein hobby.

Ich habe oft den gedanken, dass ich kein recht dazu habe, dieses buch zu machen. Dass es mir nicht zusteht, meine eigenen erlebnisse und gedanken aufzuschreiben. Ich glaube, das ist scham und selbst-sabotage.

Ich denke - andere wollen dieses buch, weil sie die ganzen schmutzigen details lesen wollen. So wie damals, bei helene hegemann, als alle sich vorstellten, sie, noch teenagerin, habe die faszinierenden und verbotenen dinge in ihrem buch alle höchstpersönlich erlebt und lüde ihre leser_innen ein, ihre fantasien an helenes körper zu verhandeln. Ich weiß nicht, was ich von meinen leser_innen will, wozu ich sie einlade. Ich habe lust, zu erzählen, weil ich lust habe, zu existieren.

Ich fühle mich müde, alles kommt mir so sinnlos vor. Gut wäre vielleicht wenigstens zu schreiben - regelmäßig, sodass es einen sinn hat, hier zu sein.

Ich denke - ich schreibe erst, wenn mir gute ideen kommen, aber was ist das schon, wann sind schon gute ideen. Andere denken: Ich mache so viel. Da ich aber nicht davon leben kann, ist es in wirklichkeit wenig. Oder auch - nichts.

Ich lese CrimethInc. 1. Widerspruch: Sie schreiben, niemand ist persönlich verantwortlich, denn wir stecken alle im system. Aber eine gegenstrategie, die sie vorschlagen, ist die persönliche umverteilung, zum beispiel durch diebstahl, sabotage, etc. Verstehe ich nicht.

W-I-R

ich-zerfall

Oft denke ich, anders zu sein als die anderen muss mensch sich leisten können, es ist ein privileg und so und ich versuche mit aller kraft, das alltägliche subversiv zu machen. Aber ist es das? In der geschichte der arbeiter_innen haben sie schon immer das getan, was ihnen als am besten für sich selbst erschien. Manchmal hieß das organizing und streik, manchmal ein kreuz bei der spd, manchmal ein einkauf bei aldi oder alnatura. Das heißt nicht, dass alle dieser dinge auch die revolution, die diktatur des proletariats, wie es so schön heißt, voranbringen. (Wird aber oft so dargestellt. Klassismus ist nicht das gleiche wie kapitalismus, das ist wie äpfel mit apfelbäumen vergleichen.)

Es gibt einen unterschied zwischen: Jemand tut es, weil es der person sinnvoll oder richtig erscheint, und: Ich sollte es auch so tun. Der unterschied ist für mich schwer zu spüren; wenn viele etwas tun, diktiert mir das oft mein handeln, meine meinung. Beispiel geld: Lieber wurde ich sexworker, als wenig geld zu haben und für oder gegen etwas zu kämpfen. Ich wollte teilhaben, am leben, mieten, konsumieren.

Beißreflexe: Die queers machen, dass die schwule kultur klinisch rein und brav wird. Die queers verbieten die perversion. Es wird homofeindlich genannt, wenn ich die schwule kultur, wie ich sie kenne und erlebe, kritisiere, aufgrund ihres verhaltens mir gegenüber. Aber ich kann für mich und meine erfahrungen sprechen. Wie soll ich zum beispiel die schwule kultur prägen, in eine richtung des schmutzes, des cruisings, der grenzenlosigkeit, der perversion, wie es sich pralina doloris orgasma wünscht, wenn ich die orte, an denen sie stattfindet, nicht betreten kann? Cruising heißt für mich, dass mein körper allen gehört, nur nicht mir. Ich kann es zu diesem zeitpunkt nicht als lustgewinn erleben, weil die erfahrung von ohnmacht und gewalt sich nicht abschütteln lässt. Ich war zehn jahre lang ein körper, der allen gehört. Dafür musste ich keinen darkroom aufsuchen, sondern nur auf die straße treten. Ich bin nicht ready.

Wenn ich ready wäre, wäre es egal: Ich darf die schwulen cruising saunas und sexkinos nicht betreten. Wenn ich es doch schaffe, sie zu betreten, dann muss ich sie verlassen, sobald ich mich nackt gezeigt habe.

Soll ich anzeigen in der siegessäule beantworten, und mich erniedrigen lassen? Was sag ich, wenn der andere dann sagt: Du bist eine frau? Nur, damit ich als schwuler mann auch über homofeindlichkeit sprechen darf?

Homofeindlichkeit gegen männer: Wenn ein mann zu feminin ist. Feminin: Penetriert werden, loch sein. Die feminisierung ist bei mir doppelt. Ich bin trans (habe 3 löcher) und bin noch dazu eine sissy, eine femme, eine schwuchtel, ohne interesse an muskeln, aber dafür mit künstlichen fingernägeln.

Patsy, schatz, wir haben mehr gemeinsam, als du dir eingestehst. Ich weiß das, aber du weißt es nicht. Es sind nicht die unterschiede unserer identitäten, die zwischen uns stehen. Wir sind fast gleich, du und ich. Aber der dealbreaker ist dein rassismus.

Sissies müssen zusammen halten, gegen white supremacy. Auf kosten keiner einzigen nicht-*weißen* sissy.

B. binaohan schreibt: Homofeindlichkeit ist ein koloniales konstrukt, ein erbe aus der kolonialzeit. Du und ich, Patsy, wir existieren in einer arschritze aus whiteness, in der auch *weiße* die eine oder andere negative konsequenz aus white supremacy erfahren: Toxic masculinity is tearing us apart. Du kämpfst dafür, dass deine geschlechtlichkeit in den kanon *weißer* normalität aufgenommen wird. Das ist, was uns trennt.

Erstmal so - ich habe gefühle. Komisch genug! Und dann rede ich darüber, mit skyler und skyler soll doch eigentlich alles verstehen, was ich fühle, weil wir uns so ähnlich sind, wir sind beide trans, beide im puff, wir sehen sogar beide gleich aus. Aber fühlt sich anscheinend doch unterschiedlich an. Ich rede und rede, aber skyler versteht mich nicht. Auch franka nicht. Franka ist straight, aber immerhin links und auch im puff. Bald könnten wir eine politgruppe gründen! Ich sage: Neulich dachte eine kollegin, dass skyler und ich zusammen sind. Franka sagt: Naja, aber könnte doch auch sein, oder? Nur weil wir beide queer sind. Vielleicht sollte ich ab jetzt über jeden typen sagen, ist das dein freund? Könnte doch sein, oder? Weil sie hetero ist. Aber das wäre verletzend.

Für skyler ist es eine erleichterung, dass ich da bin, für mich ist es eine achterbahnfahrt der gefühle. Es war nämlich gut, eine andere persönlichkeit zu haben, eine persönlichkeit, die keine probleme mit meinem nackten körper hat und mit dem bh und allem. Jetzt kennt jemand diese probleme, ich kann nicht mehr so tun als gäb es sie nicht. Jetzt schwappt die zweite persönlichkeit hinein in meine erste, hinein in mein sonstiges leben.

Mai 2017

Zum beispiel uschi obermaier: Sie verkaufte fotos von ihrem körper an den stern und es heißt, damit sei der niedergang der kommune eins besiegelt gewesen. Aber warum verkaufte sie ihre bilder an den stern? Sie brauchte geld, für ihre kommune. Sie bekam 10.000 mark dafür, die sie in die kasse des kollektivs einspeiste. 10.000 mark für ein shooting, das kriegt mensch nicht einfach so. Dahinter steckt verhandlungsgeschick.

Uschi hatte die möglichkeit, ihre genoss_innen mit ihrer sexarbeit zu unterstützen und sie tat es. Sie war es nicht, die die kommune eins verriet. Sie hielt sie am leben. Auch rainer langhans hatte hunger. Vom ficken allein konnten sie nicht überleben, auch wenn sich die kommunefrauen dafür ins zeug legten, so berichtet es die geschichte. Uschi obermaier, eine weitere sexarbeiterin, die die gehirnwülste von männern, die ihr nahestehen, kraft ihres körpers genährt und am leben erhalten hat. Hugo sagt: Es ist einfach, kommunist_in zu sein, wenn du nichts hast. Aber wenn du 10.000 mark hast, und die mit den anderen teilst, dann bist du doch automatisch kommunist_in.

Ohne pussy money keine kommune eins. Selbst ulrike meinhof später war klar - wenn der sds tomaten wirft, dann wirft er nur einer weiteren frau eine unbezahlte nachtschicht zu, wenn sie nämlich die klamotten des tomatengetroffenen mannes sauber schrubben muss.

Amber hollibaugh schreibt auch davon. Sex mit linken typen haben, damit sie deren diskussionen aufschnappen und sich das eine oder andere buch ausleihen kann. Sex mit irgendwelchen typen haben, damit sie in kurzer zeit viel geld verdienen kann, weil sie sonst ihre politische arbeit nicht schafft. Bei mir ist es auch so. Nur durch das bordell habe ich die zeit, zu schreiben. Die zeit zum nachdenken. Die zeit und die kraft zum organizen.

Sommer, und das im mai! Die leute auf den straßen rasten aus. Sie strömen in die parks, die parks nehmen all diese leute auf, es gibt platz für immer noch mehr städter_innen mit freizeit. Das ist die stadt - es gibt platz. Es gibt in wirklichkeit keinen platz, daher kann auch ruhig noch jemand dazu kommen, und noch jemand.

Mich beschleicht das gefühl, dass dies unser letzter sommer wird. Mai bis august, vielleicht september, und das war es dann. Das war es dann gewesen, wie heidi klum sagen würde. Dieser sommer, der letzte; denn es geht gar nicht, sich vorzustellen, dass der abgrund noch nicht taumelnd erreicht ist. Wie tief denn noch, frage ich mich. Plausibler, als dass sich die erde weiter um die sonne dreht, ist es, dass die erde aufhört. Die menschen haben es übertrieben, ein für alle mal. Der schmerz des kollektivs ist zu groß; mehr reichtum denn je befindet sich auf den konten noch weniger einzelpersonen denn je. Umverteilung ist möglich, aber reparatur? Heilung?

Bobby spricht mit engelsstimme, wie ava. Sie fragen freundlich, ob sie sich neben eine_n setzen können und entschuldigen sich über die maßen für nichtgeschehens. Bei uns ist eine gute atmosphäre, sagen alle, die neu kommen. Rücksicht, vorsicht, niemand will jemand anders in die quere kommen. Selbst über kleidung wird selten gelästert, denn du weißt nie, was dein gegenüber anzieht, wenn ihr euch alle später wieder anzieht. Vielleicht trägt sie genau den stil, über den du dich lustig machen wolltest. Die bösesten bitches mit der düstersten vergangenheit erkenne ich an ihrer süße. Manchmal denke ich, sie zelebrieren so die gegenwart, die tatsache, dass gewisse zeiten hinter ihnen liegen. Manchmal denke ich, sie strengen sich an, die gewalt, die sich in ihnen befindet, von uns anderen fernzuhalten. Aber manchmal blitzen sie hervor, die rasierklingen in der stimme.

Jacqueline frances sagt: Wenn du für jemand anders arbeitest als dich selbst, dann hast du einen zuhälter.

Skyler sagt: Ich arbeite als prostituierte, weil ich luxus liebe.

Bundestagswahl, bin jetzt schon müde. Die zeit, in der eine absage an die nation noch keine ächtung auslöste sondern wissendes schmunzeln. Ich kann mich an sie erinnern. Vielleicht so bis 2012 oder 2013 ging das noch.

Ava erzählt, dass anne jetzt in einem richtigen studio arbeitet, als sklavia, und sich dort eine goldene nase verdient. Ich vermisse sie, aber es ist schön zu hören, dass es jemand geschafft hat.

Ich komme zur arbeit und die hausdame sagt: Ich denke jedes mal, du bist ein junge. Und sie denkt es offenbar wirklich jedes mal, denn sie sagt es mir jedes mal. Jedes einzelne mal, wenn wir uns sehen! Dabei lacht sie laut, um ihre verlegenheit zu übertünchen, und manchmal umarmt sie mich dann noch. Dann sagt sie: Ich mein das nicht böse leonie. Weißt du ja. Ich heiße leonie, weil ich früher, in der schule, in ein mädchen namens leonie verliebt war. Sie war so schön wie manche meiner kolleginnen jetzt. Ich vermute, sie ist immernoch schön.

Ein mann sagt: Ich wollte dich, weil du so schön natürlich bist.

Natürlich, das heißt meistens - nicht so girly. Nicht so künstlich. Nicht so feminin.

Hier sind wir alle hyperfeminin, wir tragen alle bhs, haben rasierte beine, schminken uns, haben hohe schuhe an. Ich trage ja push-up und perücke. Manchmal künstliche fingernägel, immer foundation, rouge, lippenstift, mascara.

Natürlich, das heißt: Ich passe als middleclass. Natürlich heißt auch, dass sie nicht merken, dass meine freundlichkeit gespielt ist.

Wir sind betrunken im schwuz. Skyler zieht mich an sich und singt mir ins ohr: I, i swallow! I swallow you! Deepthroat baby, I swallow you! Und ich sehe skylers haut ganz nah und denke, vielleicht ist das gar keine schlechte idee.

Seit ein paar wochen habe ich jeden tag energie und kraft. Ich bin jetzt derjenige, von dem sich andere fragen: Wie schafft er das nur alles. Ich wache auf und bin wach, ich kann den ganzen tag lang was unternehmen und bin am abend immernoch in der lage, weiter was zu unternehmen. So kenne ich mein leben gar nicht. Ich bin richtiggehend glücklich.

Es kommen keine gäste in den puff. Wir sitzen rum, die zeit vergeht. Zeit ist geld. Das geld vergeht. Wir lästern über selina, alle packen nochmal ihre horrorstories über sie aus. Ich, immernoch sehnsüchtig nach der großen syndikalistischen umwälzung im erotikgewerbe, sage: Egal ob wir ein mädchen mögen oder nicht, wir müssen zusammen halten. Denn letztendlich ist es für uns alle besser. Es ist besser fürs geld und für unsere sicherheit. Das hat nichts mit sympathie zu tun.

Die anderen nicken.

Ich schmiede den plan, dass skyler und ich uns die gleiche perücke kaufen und dann als zwillings-lesben auftreten sollten. Skyler schmiedet den plan, dass wir mal zusammen im artemis probearbeiten sollten. Das artemis ist in etwa das berghain der sexläden: Glamorous, gefährlich und die typen sind druff und besoffen. Außerdem ist es das erste, was jede_r taxifahrer_in empfiehlt, wenn touris nach einem club fragen.

Bobby hat im artemis schonmal 50cent gesehen.

Die arbeiterinnen sind nackt, denn das artemis ist ein saunaklub. Sie hängen nicht im aufenthaltsraum rum, sondern socialisen beständig mit allen. Niemals im off also. Skyler und ich haben beide das gefühl, dass wir nur mithilfe unserer unterwäsche passabel vermarktbare körper mit uns herum tragen. Dazu kommen unsere plastikperücken. Im artemis müssen die arbeiterinnen die kunden ansprechen und animieren, mit ihnen aufs zimmer zu gehen. Dabei tragen sie nichts, außer high heels. Dafür nehmen sie für einmal anal dreimal soviel wie wir und dürfen auch sonst alles geld behalten, was sie auf zimmer einnehmen. Das ist ein sehr guter grund, alle ängste und sorgen hinter sich zu lassen.

Egal, wer der oder die chefin ist, der interessenskonflikt ist strukturell und nicht persönlich. Der sweeteste, netteste mensch der welt kann mein boss sein, allein dadurch wird unsere beziehung früher oder später in einen konflikt eintreten. Die, die uns befehlen, brauchen wir nicht austauschen. Das bringt nichts, kostet aber all unsere lebensenergie, es zu bewerkstelligen. Deshalb ist demokratie auch scheiße.

Juni 2017

Das wochenende beginnt damit, dass kay mich zum brunch einlädt. Bei kay und michelle zuhause gibt es bagel, mit 5 verschiedenen sachen belegt, die alle grün sind, bis auf das spiegelei. Michelle sagt: Und, was ist bei dir im leben grade so los. Ich sage: Ich bin glücklich. Kay und michelle sind einfach nur beeindruckt, sie können sich ein solches leben kaum vorstellen und ich versuche zu erklären, wie ich diesen gesegneten zustand erreicht habe. Ich sage: Es ist ein prozess. Und: Früher war ich auch nie glücklich und ich konnte mir niemals vorstellen, dass es jemals so werden könnte.

Ich fühle mich auf einmal so viel älter, denn kay und michelle sind zwanzig und ich bin siebenundzwanzig.

Dann fahren wir zum steinladen und ich hole mir einen sodalith. Er soll mir helfen, die wahrheit zu sprechen und zu mir zu stehen. Wenn ich meditiere, verkrampft sich meine kehle. Der sodalith ist blau, seine adern silbrig. Dann ist der internationale hurentag und ich gehe zu einem diskussionsabend. Die lage ist desolat, alle sind wütend, aber niemand weiß so richtig, was zu tun ist. Wir besprechen das neue gesetz und es werden filme gezeigt, die immer bei solchen gelegenheiten gezeigt werden: Sexworker reden über ihre arbeit, manche kenne ich, manche nicht. Du sagst, manche sehen jetzt ganz anders aus, weil so viele transitions stattgefunden haben, seit der film gedreht wurde. Dann lädt franka uns zum essen ein, du, ich, franka und skyler. Wir reden über die arbeit und ich will die anderen dafür begeistern, dass wir uns im puff organisieren. Franka sagt: Sobald unsere chefin das rauskriegt, fliegen wir alle.

Am nächsten tag treffe ich farnaz und ruhan, nach langer zeit. Wir schmieden pläne. Später kommen noch mehr leute, farnaz' freundin und ein mitbewohner; wir trinken sekt und tanzen und spielen betrunken scharade. Es ist das erste mal, dass ich bei einem solchen abend dabei bin, denn früher war ich dafür zu müde. Müdigkeit, die alles umspannt, bis der abend allein zuhause im bett mehr befriedigt, als betrunken scharade spielen mit freund_innen.

Ich bleibe bis vier. Am nächsten tag sind meine gefühle im chaos. Ich schreibe den beiden eine email, in denen ich meine emotionen offenbare. Sonst nicht meine art! Dann treffe ich skyler, wir gucken mean girls. Als cady und josh sich küssen, sagt skyler: Und, wann machen wir das mal? Ich weiß nicht und mache einen witz, um von der situation abzulenken.

Skyler fährt mich nach schöneberg, ins schwule museum*, du bist bei einer filmvorführung mit dabei. Mich interessiert der film nicht, also komme ich erst hinterher, aber überall in der stadt war stau und ich höre nur noch deine letzten sätze. Die moderatorin sagt: Hast du bei dem film etwas neues über queer erfahren. Du sagst: Nein.

Wir fahren zum kotti und essen bei kottiwood. Dann bringst du mich nach hause. Im schwuz ist eine beyoncé-party, alle haben sich darauf gefreut, aber ich kann nicht mehr.

Am nächsten tag erfahre ich: Die schlange ging bis zu edeka, die party war voller heten. Die heten dachten, beyoncé, wie trashig und waren deshalb gekommen. Die queers dachten, beyoncé, wie schön. Mehrere Schwarze queers wurden unter fadenscheinigen gründen von den *weißen* türsteher_innen abgewiesen.

Im radio höre ich eine messe, es ist pfingsten. Ich bade und rasiere mich und fahre zur arbeit.

Auf dem weg dort hin, überall glasscherben und reste vom karneval der kulturen. Sonja sagt: Willst du mit mir lesbisches doppel machen. Ich sage: Ja klar. Wir sitzen zu zweit auf dem gesicht des typen und gucken uns an. Sie lacht stumm und ich rolle mit den augen. Wir ziehen eine show ab, es macht spaß zu zweit: Ja, baby, siehst du, wie geil sie ist, ohh du machst mich ganz feucht, hier trink meine pisse, du kleines schweinchen, usw. Draußen: Gewitter, schwüle dunkelheit.

Mein hals fühlt sich wund und kratzig an. Ich gucke in den spiegel. Im rachen entdecke ich einen weißen fremdkörper. Es ist kein krümel, sondern scheint aus meiner haut zu kommen. Ich kriege panik, ist es eine unbekannte geschlechtskrankheit, die meinen körper zersetzen wird? Bei google finde ich raus, es ist nur ein tonsillenstein, ein klumpen aus alten zellen und toten bakterien. Ich kann ihn mit einem wattestäbchen entfernen. Zuhause sagt maria: Sowas kannst du, ohne direkt zu erbrechen? Ich sage: Ich hab meinen würgereflex ganz gut unter kontrolle.

Skyler und ich gehen zu einem workshop bei other nature. Die lehrerin ist pearl love lee. Sie setzt sich im schneidersitz auf ihren sessel, spielt mit ihren haaren wie eine katze und trägt eine baseballcap aus leder. Ich verehre sie. Sie ist domina und bringt uns dirty talk bei. Ich will so werden wie sie. Ihr stundenlohn ist unser karrieregoal. Sie redet drei stunden am stück, sie ist entertainerin, verführerin, schwester und vorbild. Sie sieht mich an und ich denke, sie liest meine gedanken.

Ich habe mir eine neue perücke zugelegt. Sie ist pink und ich trage sie mit rotem lippenstift und einer art lycra-turnanzug in schwarz.

Die linden draußen füllen die wärme mit ihrem duft. Auf den balkonpflanzen siedeln sich schädlinge an. Ich lasse ein bad ein und zünde alle kerzen an, die ich habe, auch die votivkerzen. Es ist vollmond. Wieder ein sommertag. Labor schlägt tory; ein weiterer tag, den ich in diesem körper verbringen darf und muss. Fleischbeutel, haare, knochen.

Vollmond: Ich erinnere mich an das, was ich geschafft habe und überlege, was vor mir liegt. Vor mir auf dem schreibtisch liegt ein amethyst. Hinter mir liegt ein jahr aus veränderungen.

Ein freund von josy klingelt bei uns. Er besucht amal. Amal ist in der dusche, ich mache die tür auf, er steht vor mir und ich erschrecke mich. Ich lasse ihn rein, dann gehe ich in mein zimmer. Ich zittere. Alles holt mich nochmal ein. Immer ihre stimme zu hören, wie sie lacht und tanzt und ich liege nebenan. Wie sie in mein zimmer kommt, sich auf mein bett wirft, ich sage, ich will alleine sein, sie grinst und wälzt sich in meinen energien herum. Sie sich vor mich stellt, im flur, sie trägt einen mantel und lässt mich nicht durch, erst als ich sage, lass mich durch, wirbelt sie mit dem mantel und macht mir platz. Wie sie mir in die küche folgt und hinter uns beiden die tür schließt. Wie sie sich aufbaut, vor der tür. Wie sie mich mit grabesstimme anklagt: Du zerstörst mein leben, reflektiere deine privilegien, du bist nichts, du bist ein monster, du nimmst mir alles weg, usw. Wie sie amal erzählt, dass sie mich töten wird. Wie amal es vor mir geheimhält.

Und das alles nur, weil dieser eine freund bei uns zu besuch ist. Ich denke, wieso hat amal mir nicht bescheid gesagt, dass er kommt? Aber ich wusste nicht, dass es mich so fertig machen würde, das konnte niemand wissen. Draußen macht es mir ja nie was aus, wenn wir uns sehen. Aber so sind trigger, nicht immer vorhersehbar.

Er ist auch nicht mehr mit josy befreundet. Niemand ist das lange.

Das feministische subjekt spendet lebenskraft und befeuert bewegungen und aktivismus. Femmes und sexworker als kern, klebstoff, bindeglieder, triebkräfte. Wir investieren in unsere community. Unsere femme labor verleiht ihr wert, vermehrt ihren wert.

Aus ein paar leuten, die sich treffen, wird eine behagliche runde

Aus einem abendessen wird ein festmahl

Aus peinlich berührtem schweigen wird eine angeregte unterhaltung

Aus nichts wird etwas

Aus wenig wird mehr

Aus fremden wird eine community

Verbindliche beziehungen

Heilung, trost, hoffnung

Zukunft als etwas greifbares

Zukunft als etwas, das wir nicht nur zu

fürchten brauchen

Die zukunft der femmes

Unsere gabe, unsere obsession:

Den platz schaffen, für mehr

Die möglichkeiten ausweiten

Einen raum schaffen, in dem leben möglich ist

Leben schöpfen und zwar nach der geburt

Wir trotzen das leben ab (wem)

Jeden cent, den ich ausgebe, habe ich vorher jemandem vom schwanz gelutscht

Während ich dies schreibe, zerfallen meine beziehungen, ich knüpfe neue, aber keine kann eine andere ersetzen. Wenn wir mehr sind als einander die konsument_innen.

Du siehst meine true colours und findest das aufschlussreich. Ich kenne das von partner_innen. Wenn ich merke, dass ich mich auskratze, wie ein leeres glas marmelade, um der anderen person zu gefallen und dann dieses gefallen wollen einstelle, dann ist ernüchterung angesagt. Du wusstest nicht, dass ich eiskalt bin. Jede woche denke ich, nun musst du es doch kapiert haben. Aber jede woche machst du keine anstalten zu gehen.

Ich denke, du sagst mir dann sicher bescheid, wenn ich zu scheiße werde. Aber wirst du?

Ida sagt: Wir werden immer gefragt, was, wenn du es bereust? Was, wenn ich die operation bereue. Aber dann bereut mensch sie eben. Es ist auch ok, dinge im leben zu machen, die dann später bereut werden.

Ich, beim versuch, eine trans therapie für die mastektomie zu beginnen. Die therapeutin sagt erst, sie nimmt mich, aber dann überlegt sie es sich anders. Sie sagt: Sie wollen ein neues geschlecht erschaffen, weder mann noch frau, und das kann ich nicht unterstützen. Danach versuche ich es nicht nochmal.

Niemand hat sex außerhalb vom kapitalismus, aber darüber wollen viele gern hinwegsehen. Bei sex und liebe denken sie, das ist so ursprünglich, das gehört mir, egal wie entfremdet ich sonst bin. Aber das ist nicht wahr und wir sexworker stoßen sie darauf, mit unserer bloßen existenz und das mögen sie nicht

Denn vielleicht

vielleicht machen wir sie aufmerksam, dass auch ihr sex und auch ihre liebe innerhalb der verwertungslogik stattfinden.

Meditation. Rauch in meinem gesicht, rauch vor meinen augen, das zimmer voller rauch. Eine räuchermischung, sie heißt intuition. Wenn keine freier kommen, sagt die hausdame: ich räuchere ein bisschen. Und wenn dann immer noch keine kommen sagt sie, ich hab schon geräuchert, mehr kann ich nicht tun.

Juli 2017

Im schwuz, jemand tanzt mich an. Ich weiß gar nicht, was ich machen soll. Wir kennen uns nicht. Du bist ehrlich, wenn dich jemand antanzt, machst einen gesichtsausdruck der sagt: Das hier ist schrecklich awkward und peinlich für mich. Dann lachen die, die dich antanzen wollten und lassen es bleiben. Ich komme gar nicht auf die idee, meine unsicherheit zu zeigen. Ich bin sofort - ok, ich werde angetanzt, wie kann ich diese herausforderung meistern, ohne dass alle merken, wie unsicher und steif ich bin. Also mache ich mit. Es ist verwirrend, denn früher tanzten mich typen an, weil sie hetero waren und dachten, ich sei es auch und daher würden wir gut zusammen passen. Dann tanzten mich typen nicht mehr an, weil ich eigentlich nie auf heteroparties ging und schwule typen nicht wussten, dass ich auch schwul bin und daher nicht das gefühl hatten, wir hätten was gemeinsam. Jetzt, wenn mich ein typ antanzt, der höchstwahrscheinlich schwul ist, dann überfordert mich das. Ich kenne die codes nicht. Heißt das jetzt, er will mit mir sexy tanzen oder eher so unverbindlich for fun? Will er knutschen oder rummachen? Denkt er vielleicht doch, ich sei eine frau und es soll so ein lesbe-und-schwuler-machen-zum-spaß-rum sein? Ist er überhaupt schwul? Melli erzählt mir von ihrer arbeit im stripclub. Es klingt aufregend und glamourös und ich merke, wie mich die arbeit im bordell zu tode langweilt. Melli erklärt mir alles, ich bin gerührt über ihre großzügigkeit, denn wir haben uns gerade erst kennen gelernt. Ich schicke fotos von mir in unterwäsche an irgendeine telefonnummer, die sie mir gegeben hat und der typ schreibt zurück, dass ich mal vorbei kommen soll.

Fashion week. Wir gehen auf eine party. Es gibt gratis drinks, gratis tattoos, gratis ponies zum angucken und gratis botox. Es sind auch viele stars da, die botox drin haben, zb kader loth, chris hanisch, micaela schäfer. Ich nutze die chance und gehe, als ich betrunken bin, zum botox-stand. Der arzt hat seine sachen auf einem klapptisch aufgereiht. Er schützt alles mit einem tuch. Ich denke, wenn es gefährlich wäre, würden sie es hier nicht einfach anbieten. Der arzt sieht jung und alt zugleich aus. Seine augen sind sehr blau, er hat viele falten, die ihn freundlich wirken lassen. Es ist um zwei, er guckt müde. Er sagt, sollen wir ein bisschen die zornesfalte machen. Guck mal böse. Dann malt er striche auf meine stirn, dann desinfiziert er, dann spritzt er. Es tut kaum weh, macht ein platzendes gefühl, wie pickel ausdrücken. Dann soll ich mit einem alkoholtuch drüber wischen. Ich bin richtig high, voller glück und stolz. Versuche, dem arzt einen schönen feierabend zu wünschen, er reagiert nicht, vielleicht machen das nur kassierer_innen und nutten.

Ich lese wie besessen updates zu hamburg und dem g20-gipfel. Mache mir sorgen. Denke, egal, wie sehr mich die macker-antifa und die mutproben-activists nerven, sie gehören zu uns; oder ich zu ihnen. Ich denke an carlo giuliani und ich will nicht, dass diese woche ihren lauf nimmt.

Wir treffen uns bei melli. Sie hat nicht viele möbel, aber einen glitzernden nachttisch und eine stange. Ich habe mir extra pleasers gekauft und ein paar outfits mitgebracht. Sie zeigt mir, wie ich an der stange tanzen soll und ich fühle mich plump. Wir reden über den g20-gipfel und ob wir hinwollen. Sie sagt, sie kann sich vorstellen, paar schläge und so einzustecken, aber sie kann sich nicht vorstellen, dort erschossen zu werden. Ich sage, ich kann mir nichtmal vorstellen, paar schläge einzustecken. Dann reden wir über femininität und sexwork. Dann sage ich, weißt du was, ich hab noch nie einen lapdance gegeben, ich weiß nicht wie das geht. Sie sagt, soll ich dir zeigen, ich sage ja. Sie kommt mir ganz nah und es ist schön und intim, obwohl sie mir währenddessen eklärt, wie ich es machen muss. Dann fahren wir los. Es regnet so sehr, dass einige ubahnstationen geschlossen sind. Wir nehmen für die letzte strecke ein taxi. Die straße ist ein see. Sintflut. Ich freue mich, dass es so dramatisch losgeht. Ich bin nervös. Dann sind wir drin, umkleide, spinde, perücke auf, sie lacht als sie mich sieht und mir ist es unangenehm. Es verunsichert mich, wenn leute, meistens andere sexworker, mich zum ersten mal in meinen verschiedenen verkörperungen erleben. Dann sitzen wir rum. Die anderen stripperinnen sind wunderschön. Schöner noch als die kolleginnen bei uns im bordell. Es ist wahrscheinlich schwierig, durch das unwetter in den club zu gelangen. Melli zeigt mir, wie ich mit den männern reden muss, um ihnen lapdance oder champagner aus den rippen zu leiern. Das bezahlungssystem ist kompliziert. Ich fühle mich unsicher und schüchtern und es macht mir keinen spaß. Dann soll ich auf der bühne tanzen. Ich gebe mir so viel mühe, dass ich vergesse, meine klamotten auszuziehen. Melli kommt zur bühne und sagt, du könntest langsam mal was ausziehen. Hinterher denke ich, oh gott, hoffentlich hat es niemand gesehen. Aber nach und nach macht es mir spaß. Die anderen tänzerinnen sind künstlerinnen, manche können viele tricks an der stange und manche können sich sehr gut sehr langsam sehr gelangweilt und sehr erotisch ausziehen.

Ich stolpere immer über den teppichboden, der überall und uneben ist. Melli nimmt mich beiseite: Auf highheels immer die schultern zurück nehmen und wie auf dem catwalk einen fuß vor den anderen.

Ich finde es alles in allem richtig anstrengend, bringe in acht stunden ganze zwei lapdances an den mann und verdiene nicht mehr als sonst auch im puff. Ich jammere melli voll, dass ich nach hause will, sie sagt, bleib doch noch, dann kannst du hinterher stolz sein. Ich bleibe, am ende sitzen wir rum, trinken cola, reden und schauen einander beim tanzen zu. Morgens ist die ubahn noch vom unwetter gesperrt, wir fahren taxi. Ich liege im bett und melli hatte recht, ich bin stolz.

Nebenan vor dem schwulen sexladen steht abends oft ein blonder boy mit nickelbrille. Er ist süß, so punkig irgendwie, vielleicht eine schwule zecke? Beim ersten mal hab ich seinen blick aufgefangen und ihn so queer cruising mäßig angeguckt und er war verwirrt. Aber jetzt nicken wir uns zu, wie alte bekannte, und das macht mich richtig glücklich. Einmal waren ava und ich in seinem laden, aber es gab nichts, das wir brauchen konnten, zum beispiel kondome, aber wir kriegten sie dann doch bei uns billiger.

Lieber noch dem tag sinn verleihen, bevor er zuende geht.

Heute: Du und ich, wir trennen uns. Andere sind überrascht, sie haben es nicht kommen sehen. Ich: Noch fühle ich nichts. Ich bin auf der erde und der stern, der eben explodiert ist, hat es noch nicht bis zu meinem herz geschafft. Mein herz weiß noch nicht bescheid. Scheiße. Nie wieder dich besuchen, sommer kommt zu deinem fenster rein, du machst mir kaffee, ich halte dich im arm.

Ich denke, du ähnelst meiner mutter und ich meinem vater und ich schäme mich (glaube ich). Es ist klar, wer das kalte, ignorante arschloch in der beziehung war, nämlich ich.

Mit kopfweh übers kopfsteinpflaster auf dem fahrrad. Ein guter moment heute: Als die schmerzmittel wirken. Derzeitiger kanal meiner wut sind parolen; wie psalmen wende ich mich ihnen zu in solchen zeiten, obwohl ich lange dachte, dass mein leben ohne sie unbeschwerter und individueller wäre. Jetzt denke ich mehrmals pro stunde: brd, bullenstaat.

Wir sind angekommen. Alle sind pinkeln gegangen. Im himmel kreist ein hubschrauber. Ich versuche die erde unter mir zu spüren. Die erde beurteilt und verurteilt nicht. Ich bin müde und wach zugleich. Die autofahrt war wie die fahrt zu einem junggesellinnenabschied. Weltuntergangsstimmung. Wir fahren weit bis wir in der innenstadt ankommen, mehr und mehr sehen nach demo aus, aber so viele nun auch wieder nicht. Ich sehe plötzlich eine, die ich kenne, aber aus einer ganz anderen stadt. Wir grüßen uns, sie verschwindet. War sie wirklich da? Wir laufen auf den fischmarkt zu, überall polizei, polizei. Sie lauern hinter jeder ecke, aber nicht auf uns. Auf gehweg und straßen leere flaschen, fühlt sich an wie ein volksfest, das wegen herannahender apokalypse abgebrochen wurde. Wir treffen auf die demo, sie ist umzingelt von wasserwerfern, die sehr modern wirken. Es kommt so düsterer acid house von einem laster, der bass ist wie luft, wir atmen ihn ein, die musik macht den platz zu einem jahrmarkt, bedrohlich und surreal. Die leute sind gemischt, hippies und so pillepalle demonstrant_innen mit lustigen bzw bierernsten schildern, die sowieso niemand lesen wird, leute mit profi ausrüstung die sich bestimmt noch vermummen, und wir, irgendwo dazwischen.

Wir stehen am fischmarkt in der menge, links von mir eine auf den schultern eines typen, sie filmt, wie bei einem konzert. Rechts von mir eine gruppe, die jetzt schon mit tüchern vor den gesichtern dasteht. Kann ich verstehen, hier sind mehr kameras als im big brother haus. Wir stehen ewig rum, irgendwann heißt es, die demo geht los, aber stattdessen greifen die bullen an. Vorne krach, panik, genug menschen dazwischen, wir spüren es noch nicht. Hinter mir steht eine person, die einen kopf größer ist und mir berichtet, was passiert. Die stimme vom lautsprecherwagen ist eher so fußballkommentar. Die große person bleibt ruhig und sagt: Jetzt sind die bullen in der demo... Jetzt teilen sie aus... Eklige szenen, die leute geraten in panik... Jetzt klettern sie die mauer rauf...usw. Ich sehe die böller, die fliegen, und um uns wird es enger. Die menschenmassen weichen zurück, bilden ketten. Dazwischen aufgepeitschte leute, die noch ihr bier oder filmendes handy in der hand haben und anscheinend keine fantasie dafür entwickeln können, was hier gleich abgehen wird.

Die demo, die nie stattfinden konnte, wird durch immer mehr bullen versprengt, von allen seiten, ich fühle mich wie in einer mausefalle, diese scheißstadt, ich kenne mich hier nicht aus, habe angst.

Ich denke an melli und was sie mir im stripclub beigebracht hat: Schultern zurück, wenn du auf highheels gehst. Ich habe nikes an, aber sage mir und den anderen immer wieder: Haltung bewahren, hauptsache, wir sehen elegant aus. Das schützt mich vor der panik.

Ich denke: Um gegen dieses system, diese polizeigewalt anzukommen muss mensch eigentlich soldat sein, kämpfer. So wie ich, das reicht nicht.

Ich rufe auch keine parolen, nicht mal haut

ab zur polizei, weil ich weiß, wenn ich meinen mund aufmache, dann ist das die büchse der pandora, voller gefühle. Dann kommt die angst raus, die wut, trauer, aufregung, panik und sind sie erstmal draußen kommen sie nie wieder rein.

Chaos, ordnung im chaos, leute mit plan, leute ohne plan, dazwischen touris und demonstrierende, die die situation nicht einschätzen können und denken, sie sind sowieso nicht gemeint, wenn sie sehen, wie geprügelt und gepfeffert wird.

Wir rennen, joggen, ziehen die kapuzen auf, wieder ab, wieder auf, ich spüre in mir so ein richtig ekliges victim blaming aufkeimen; wenn ich jetzt keine schwarzen sachen anhätte, müsste ich mir keine sorgen machen, ich bin selber schuld, wenn ich mich äußerlich mit denen gemein mache, die das hier alles packen, hätte ich doch bloß was buntes an, usw. Ich weiß, dass solche gedanken quatsch sind und behalte sie für mich.

Wir betreten ein café, das als infopoint fungiert, es gibt tische, stühle, eine toilette, straßenkarten von hamburg und einen ruheraum. Ich sitze rum, gucke die karten an, gucke auf die livestreams, die auf bildschirmen laufen. Ab und zu rasen hundertschaften vor dem café hin und her und die leute rufen panisch, macht die tür auf oder macht die tür zu und andere rufen keine panik, keine panik. Wir waren hier, letztes jahr, du und ich, als wir in hamburg waren. Wir saßen hier in diesem café und ich sehe mich um, denke an dich. Du weißt nicht, wo ich bin, ich fand es zu gefährlich, online zu schreiben, dass ich hier sein würde. Ich denke an deine hände; gestern saßt du noch auf meinem bett und sagtest: Du hast in meinem leben priorität und wenn ich in deinem leben keine priorität habe, dann können wir nicht zusammen sein. Ich sagte: Du hast diese priorität nicht. Es stimmt, wir können nicht zusammen sein. Dann nahm ich deine hand in meine, meine finger waren wie klauen mit den langen nägeln, als sei ich ein raubvogel. Ich denke an dich und dass schluss ist und dass ich keinen bock habe, hier zu sterben.

Dann knallt die tür auf und ein demosani brüllt: Macht alles frei, platz da, platz da. Hinter der person stürmen so acht weitere sanis mit zwei tragen auf denen personen liegen. Sie stampfen in den ruheraum. Um sie herum noch mehr sanis, die tücher halten, damit niemand die verletzten fotografieren oder anstrarren kann. Sie verschwinden im ruheraum. Ich denke, bitte, kommt durch, bitte, sterbt nicht in diesem café, direkt hier.

Auf dem rückweg im auto: Ich mache zu skyler einen witz über beißreflexe. Jemand fragt, was ist das. Wir erklären. Jemand anders sagt, ich glaub, es ist ganz gut, dass es dieses buch gibt und ich würde sicherlich einigem zustimmen. Ich sage: Hast du es gelesen? Nein. Bist du in der queeren szene? Nein. Da sagt eine dritte person: Ich finde nicht, dass man irgendwo aktiv sein muss um über etwas zu urteilen. Ich sage: Wenn so ein SPD-typ zu dir käme und dich mit häme und spott für deine politik dissen würde, und dann macht er noch eine hetzkampagne über deine freund_innen, nimmst du dir die kritik dann zu herzen? Die person sagt: Ich finde, eine sozialdemokratische perspektive auf antikapitalistische praxen hat seine berechtigung und ich würde da zuhören. Die zweite person sagt: Ich habe auch queere freund_innen, die das buch gut finden. Ich denke: Wir haben die letzten vierundzwanzig stunden miteinander verbracht, obwohl wir uns nicht kannten vorher, wir haben uns vertraut und an den händen und aneinander festgehalten, sind arm in arm vor der polizei weggerannt, durchs gebüsch und so und jetzt erfahre ich das von euch.

Kein wort über irgend etwas jenseits der heteronorm, bis zu diesem augenblick keine erwähnung dieser queeren freund_innen und genoss_innen, keine bezugnahme auf queere theorien oder praxen oder geschichte, nichts queeres kommt vor bei diesen dreien aber eines wollen sie: Sich mit beißreflexe solidarisieren. Queere struggles spielen im leben dieser leute keine rolle, aber wenn jemand die queers disst, dann sind sie dabei.

Die dritte person sagt dann noch, dass sie patsy persönlich kennt und ihre politischen sachen gut findet und dann misgendert sie patsy. Wobei ich nicht sicher bin, denn ich weiß nicht, ob patsy mehrere pronomen benutzt und ob es ihr egal ist, schließlich handelt ihr buch davon, dass misgendern nicht so schlimm ist. Ich sage: Was macht sie denn so für politische sachen? Die person sagt: Ja äh also ...sie... ist ja auch in diesem film, mein wunderbares westberlin und ich fand sie in gesprächen immer sehr vernünftig.

Ich sage, ah verstehe, weil ich das gespräch beenden will. Keine_r von uns hat geschlafen, diese diskussion wird keine_n von uns weiterbringen.

Wieder in berlin, dreißig stunden vergangen seit wir nach hamburg los sind. Ich bin ausgelaugt. Ich gehe los, weil ich zutaten kaufen will und für die wg was backen. Auf dem rückweg regnet es sturzbäche. Mit plastikschlappen laufe ich durch das dreckwasser dieser stadt, der regen läuft unter meiner kleidung meinen körper lang. Ich denke danke, dass mir kein wasserwerfer die augen verletzt oder rippen geprellt hat. Ich wate über eine kreuzug, es fühlt sich an wie am strand durch die wellen. Ich denke danke, dass wir wohlauf da rausgekommen sind.

Am freitag, es ist abend, habe kaum gepennt aber klebe im internet fest. Ich lese, barrikaden. Ich lese, plünderungen. ich lese sek. Ich lese die gsg9 rückt ein. Ich kann mich nicht mehr wach halten und schlafe ein und frage mich, wenn ich morgen aufwache, wie viele werden tot sein. Samstag, keine tote, ich bin fast euphorisch deswegen.

Als am sonntag melli die tür reinkommt, weine ich fast vor erleichterung. Ich umarme sie und flüstere, geht es dir gut. Sie sieht fertig aus aber sagt: Ja. Keine sichtbaren verletzungen, knochenbrüche, wunden. Sie sagt: Ich habe eine wut in mir, so eine neue art der wut und ich weiß noch nicht, was ich damit machen soll. Wir gleichen ab wo wir wann waren in den letzten tagen, manchmal nur zwanzig meter voneinander entfernt in der menge, die zwanzig meter machen den unterschied zwischen gehirnerschütterung oder keine. Sie sagt, hier ist es so friedlich. Endlich keine hubschrauber mehr.

Ich bin müde. Vielleicht war es eine schlechte idee, botox in meine zornesfalte zu spritzen. Immerhin sitzt genau zwischen den augenbrauen das dritte auge. Habe ich meine klarsicht und meine visionen abgetötet?

Manche glauben, magie und vor allem die beschäftigung mit dem mond sind an menstruationszyklen gebunden und deshalb transmisogyn. Ich praktiziere sie anders. Magie ist, wie femininität, an kein geschlecht geknüpft. Eher, wie femininität, an widerstände. Der mond ist älter als das binäre geschlechtersystem.

Mein wunderbares westberlin: Ein schwuler sagt, früher dachten wir, die befreiung der schwulen geht mit der befreiung der arbeiter_innenklasse einher, dabei haben kuba, china und russland die schwulen nur unterdrückt. Der kapitalismus hat die schwulen befreit. Um ihn rum die anderen schwulen, die früher mal links waren. Vielleicht sind es manche noch, denn sie gucken schockiert. Etwas weiter hinten patsy. Falls sie darauf antwortet, so kommt die antwort im film nicht vor. So etwas ähnliches hat sie ja auch schon geschrieben. Stattdessen einblicke in die linke und schwule linke szene der siebziger jahre: Die leute verabreden kollektive, identitätspolitische maßnahmen, zb sich bis dann und dann alle bei den eltern outen.

Wir gehen aus, mit perücken und so nuttigen schulmädchenkostümen und zum ersten mal spüre ich die macht, die drag verleihen kann. Ich habe das vorher nie erfahren, was viele beschreiben, dass mit der verkleidung eine persönlichkeit zum vorschein tritt, die mutig und reckless ist. Wir laufen über den kotti und alle starren uns an, greifen nach uns, pfeifen, rufen. Aber es macht mir nichts. Ich denke, was könnt ihr mir anhaben? Nichts. Eine gruppe typen ist so aufgebracht, dass sie auf die straße laufen und fast überfahren werden, weil sie sich nach uns umdrehen. Wir machen sexworker witze am laufenden band, ungeachtet dessen, dass die anderen damit nicht unbedingt was anfangen können. Im club tanzen wir miteinander, als wären wir in einem lesbenporno der für heteros gemacht wird. Ich denke an viele feminist_innen, die ich kenne, und stelle mir vor, dass sie außer sich wären. Aber ich fühle mich lebendig, unberechenbar, stark. Als teenie habe ich davon geträumt, so zu sein.

edition assemblage

Mehr von Yori Gagarim!

Let them talk

What genitals have to say about gender – a graphic survey

Comic book – in english

64 Seiten | 5,80 €

ISBN 978-3-942885-68-3

Es ist mehr als an der Zeit, Geni-talien selbst zu Wort kommen zu lassen! Ein kurzweiliges und informatives Büchlein, das nicht nur in jede Tasche passt, sondern direkt unter die Wäsche geht!

Why I stopped making merch for a revolution, that does not happen

48 Seiten | 5,00 €

ISBN 978-3-96042-024-8

Eine sehr persönliche Betrachtung auf den Kampf um einen Lebensunterhalt als autodidaktische*r und professionelle*r Künstler*in innerhalb alternativer Strukturen und wie nahe (selbst-)Ausbeutung und Ernüchterung gehen und treffen können.

OFF-THE-ROKKET

(Queer) Pin-ups and other suspects – Explicit pictures

Comic book – in English

mit deutscher Übersetzung im Anhang

ca. 64 Seiten, ca. 5.80 Euro

ISBN 978-3-96042-002-6

edition assemblage

Klassiker: Kitchen Politics

Band I: Silvia Federici

Aufstand aus der Küche

Reproduktionsarbeit in globalen Kapitalismus und die unvollendete feministische Revolution

Aus dem Englischen von Max Henninger

128 Seiten, 9.80 Euro

ISBN 978-3-942885-32-4

Band II: Kitchen Politics (Hg.)

Wofür wir kämpfen

Queere Politik und Communities of Care

ca. 96 Seiten, ca. 9.80 Euro

ISBN 978-3-942885-70-6

Band III: Kitchen Politics (Hg.)

Sie nennen es Leben, wir nennen es Arbeit

Biotechnologie, Reproduktion und Familie im 21. Jahrhundert

Mit Beiträgen von Melinda Cooper, Catherine Waldby, Felicita Reuschling, Susanne Schultz

128 Seiten, 9.80 Euro

ISBN 978-3-942885-32-4

Jetzt bei uns: die Nono-Bücher!

edition assemblage

Justin Time, Jannik Franzen (Hg.)

Trans*_Homo

Differenzen, Allianzen, Widersprüche.

Differences, Alliances, Contradictions.

288 Seiten | 14,90 €

ISBN 978-3-96042-027-9

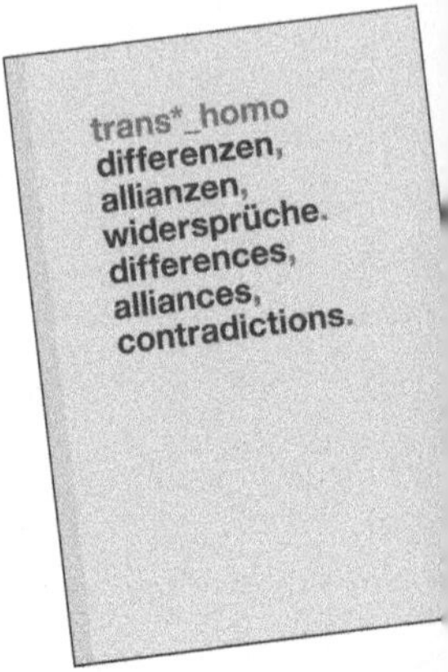

Elisa Barth, Ben Böttger, Dan Christian Ghattas,
Ina Schneider (Hg.)

Inter

Erfahrungen intergeschlechtlicher Menschen in der Welt der zwei Geschlechter.

124 Seiten | 14,90 €

ISBN 978-3-96042-028-6

2017, Edition Assemblage